物《もの》語《がた》ること、生《い》きること

上《うえ》橋《はし》菜《な》穂《ほ》子《こ》／著《ちょ》　瀧《たき》 晴《はる》巳《み》／構《こう》成《せい》・文《ぶん》

講談社 青い鳥文庫

この本《ほん》について

ジャンルの枠《わく》をこえて、読《よ》む者《もの》の心《こころ》をわしづかみにする物語作家《ものがたりさっか》、上橋菜穂子《うえはしなほこ》さんに、自《みずか》らの生《お》いたちから作家《さっか》になるまでをたっぷりと語《かた》っていただくという、うれしくもぜいたくなこの本《ほん》の企画《きかく》が始《はじ》まったのは二〇一二年《ねん》の春《はる》のことでした。

こころよくお引《ひ》きうけいただけたのは、ちょうど「守《も》り人《びと》」シリーズ、そして「獣《けもの》の奏者《そうじゃ》」シリーズという幅広《はばひろ》い世代《せだい》の読者《どくしゃ》を得《え》た長編《ちょうへん》二編《へん》を完結《かんけつ》させて「これまでの道《みち》のりをふりかえってもいいかな。」と思《おも》われたタイミングのおかげかもしれません。

取材《しゅざい》は二〇一二年《ねん》五月《がつ》から翌《よく》二〇一三年《ねん》五月《がつ》までの四回《かい》にわたり、大学《だいがく》の研究室《けんきゅうしつ》で行《おこな》いました。よどみなく語《かた》られるエピソードそれ自体《じたい》が、物語《ものがたり》を愛《あい》するひとりの少女《しょうじょ》の成長物語《せいちょうものがたり》のようで、毎回《まいかい》三時間《じかん》をこえる取材《しゅざい》にもかかわらず、時《とき》をわすれて聞《き》きほれることになりました。

読書《どくしょ》する喜《よろこ》びと作家自身《さっかじしん》の体験《たいけん》、そして物語《ものがたり》を書《か》くことがひびきあう語《かた》り口《くち》は、まさに〈メイキング・オブ・上橋菜穂子《うえはしなほこ》〉。あの作品《さくひん》のあのシーンはなぜえがかれたのか。この本《ほん》では、その舞台裏《ぶたいうら》をのぞくこともできるでしょう。

二〇一四年《ねん》、上橋《うえはし》さんは「児童文学《じどうぶんがく》のノーベル賞《しょう》」といわれる国際《こくさい》アンデルセン賞《しょう》の作家賞《さっかしょう》を受賞《じゅしょう》しました。

壮大《そうだい》なスケールと奥行《おくゆ》きを持《も》つ物語作家《ものがたりさっか》がいかにして誕生《たんじょう》したのかを、上橋《うえはし》さんの言葉《ことば》を生《い》かした語《かた》りおろしの物語《ものがたり》として、まとめさせていただくことになりました。

青《あお》い鳥文庫《とりぶんこ》の読者《どくしゃ》のみなさんに喜《よろこ》んでいただけたら幸《さいわ》いです。

構成《こうせい》・文《ぶん》　瀧《たき》　晴巳《はるみ》

もくじ

はじめに

物語《ものがたり》を書《か》いているときは、馬車《ばしゃ》を走《はし》らせているような気《き》がすることがあります。私《わたし》の周《まわ》りに、たくさんの荒馬《あらうま》がいて、けんめいにたづなをあやつって走《はし》らせているような気《き》がするのです。

「俺《おれ》は行《い》くぜ、俺《おれ》は行《い》くぜ。」と先頭《せんとう》を切《き》って走《はし》りたがるヤツもいれば「もうつかれた。」と休《やす》みたがるヤツもいて、最初《さいしょ》はてんで勝手《かって》なので、なかなかうまくいきません。

それが、あるとき、まるでちがうメロディがあわさって、ひとつの合唱《がっしょう》になるみたいに、ものすごいスピードでいっせいに走《はし》りだします。

その瞬間《しゅんかん》、「ああ、書《か》ける……。」と、思《おも》う。

いきなり目《め》の前《まえ》が開《ひら》けていくような、あの感《かん》じをどう言《い》ったら、いいのでしょう。

物語《ものがたり》というのは不思議《ふしぎ》なもので、作家《さっか》は暴走《ぼうそう》する馬車《ばしゃ》のたづなを必死《ひっし》でコントロールしているのですが、完全《かんぜん》にはコントロールしきれないところがあります。まっすぐ走《はし》るつもりだったのに、いちばんはしっこにいたヤツがとつぜんピューーッと右《みぎ》にカーブを切《き》ったりするかもしれない。でも、そのとたん、思《おも》いもかけなかった美《うつく》しい景《け》色《しき》が見《み》えてくることがあるのです。

それこそが、きっと、物語《ものがたり》になにかが降《お》りてくる瞬間《しゅんかん》で、それがない物語《ものがたり》はつまらない。

私《わたし》にとって物語《ものがたり》というのは、それ自体《じたい》が野生《やせい》の獣《けもの》のように、いきいきと命《いのち》を宿《やど》し、呼吸《こきゅう》しながら、作家自身《さっかじしん》でさえさいしょは予想《よそう》もしなかった新《あたら》しいところへと連《つ》れていってくれるものなのだと思《おも》います。

どうしたら物語《ものがたり》を書《か》けるようになりますか？

もしかしたら世《よ》の中《なか》の作家《さっか》がもっともよく聞《き》かれる質問《しつもん》かもしれません。

聞《き》きたくなる気持《きも》ちはよくわかります。私《わたし》も、子《こ》どものころ、なりたくてたまらなくて、でも、どうしたらなれるのかわからない職業《しょくぎょう》のダントツの一位《い》、二位《い》が「作家《さっか》」と「漫画家《まんがか》」でしたから。

なりたくてなりたくてしょうがないけれど、資格《しかく》を取《と》ってなるようなものではないし、入社試験《にゅうしゃしけん》があるわけでもない。

作家《さっか》になったいまでも「作家《さっか》になるにはどうしたらいいでしょう。」と聞《き》かれたら「ううう。」と、うなるしかないのです。とても一言《こと》では言《い》えそうにないんですよ。

『ゲド戦記《せんき》』を書《か》いたアメリカの作家《さっか》ル・グウィンは、その質問《しつもん》をされると「タイプライターを習《なら》いなさい。そして、書《か》きなさい。」と答《こた》える、という意味《いみ》のことを書《か》いていますが、あの壮大《そうだい》な物語《ものがたり》をつむいだル・グウィンでさえ、そう言《い》うしかなかったのでしょう。

大好《だいす》きなことを仕事《しごと》にできたら、どんなにいいだろう。

みなさんの中《なか》にも、そんなあこがれをいだいている人《ひと》がきっといると思《おも》います。

私《わたし》も、そんなひとりでした。

子《こ》どものころから、たくさんの物語《ものがたり》を夢中《むちゅう》で読《よ》んできました。いつかこんな物語《ものがたり》を、自《じ》分《ぶん》でも書《か》けるようになりたい。どうしたらそれができるようになるのかもわからないまま、手《て》さぐりで道《みち》をさがしていたのです。

十代《だい》のころ、いちばんなりたかったのは漫画家《まんがか》でした。というより、私《わたし》の中《なか》では漫画家《まんがか》も作家《さっか》も、「物語《ものがたり》をつむぎだす人《ひと》」という意味《いみ》で、ほとんど同《おな》じような存在《そんざい》だったのです。

私《わたし》の父《ちち》は洋画家《ようがか》で、いまでこそアニメ化《か》された『精霊《せいれい》の守《も》り人《びと》』や『獣《けもの》の奏者《そうじゃ》』をうれしそうに見《み》ていたりしますが、むかしは、とにかく漫画《まんが》を毛嫌《けぎら》いしていました。なにしろ画家《がか》なので、絵《え》に関《かん》しては自分《じぶん》なりの思《おも》いが強《つよ》かったのでしょう。萩尾望都《はぎおもと》さんや佐藤史生《さとうし》さんの漫画《まんが》を読《よ》んでは、ため息《いき》をもらしていた私《わたし》にしてみれば、「いや、漫画《まんが》にだってすばらしい作品《さくひん》はいくらでもある。」と言《い》いたかったけれど、父《ちち》は「あんなもの、くだらない。」と全否定《ぜんひてい》です。「漫画家《まんがか》になりたい。」だなんて、とても言《い》えるわけがありません。

家《いえ》で読《よ》んだらしかられるので、学校帰《がっこうがえ》りに本屋《ほんや》に寄《よ》るのが至福《しふく》の時間《じかん》。授業中《じゅぎょうちゅう》も、ノートのはしっこに、ついなにかかいてしまう。

好《す》きで好《す》きでしょうがないことって、そうですよね。だれかに否定《ひてい》されたからって、かんたんにあきらめることなんてできない。「親父《おやじ》め、いまに見《み》ていろ、びっくりするくらいすごい作品《さくひん》をかいてやる。」と、ひそかに闘志《とうし》をもやしていたのです。

書《か》きたいという気持《きも》ちだけはつねにあって、つき動《うご》かされるように書《か》いて、書《か》いて、書《か》きまくっていたけれど、あのころの私《わたし》のいちばんのなやみは、いくら書《か》いても、ただのひとつも物語《ものがたり》として完結《かんけつ》させることができなかったことでした。

小説《しょうせつ》にしても、漫画《まんが》にしても、さいしょのピースを思《おも》いつくことはできる。アイデアはある。イメージはわく。書《か》きはじめることはできるのに、書《か》いても、書《か》いても、どうしても書《か》きおえることができなかった。いくらでもふろしきを広《ひろ》げることはできるのに、それをたたむ方法《ほうほう》がわからないのです。

ストーリーじゃなくて、小《ちい》さく切《き》りとった一場面《いちばめん》ならえがきさることができるんじゃないか。そう思《おも》って、高校《こうこう》二年生《ねんせい》のときにはじめて完結《かんけつ》させることができたのが『天《てん》の槍《やり》』という、いかにも私《わたし》らしいタイトルで書《か》いた、原稿用紙《げんこうようし》十五枚《まい》くらいの短編《たんぺん》でした。石器《せっき》時代《じだい》の若者《わかもの》がはじめて獲物《えもの》をたおす、ただそれだけの場面《ばめん》をえがいた作品《さくひん》です。

私《わたし》が通《かよ》っていた香蘭女学校《こうらんじょがっこう》では「国語《こくご》」の授業《じゅぎょう》のことを「文学《ぶんがく》」という名前《なまえ》で呼《よ》んでいたのですが、文学《ぶんがく》の先生《せんせい》に見《み》ていただいたときに「描写《びょうしゃ》を生々《なまなま》しくすることを心《こころ》がけてごらん。」と言《い》われたのは、いま思《おも》っても、貴重《きちょう》なアドバイスだったと思《おも》います。獲物《えもの》のサーベルタイガーと戦《たたか》う場面《ばめん》で、はく息《いき》や流《なが》れる血《ち》がどんなにおいがするのか、そんなことを一生《いっしょう》けんめい考《かんが》えながら書《か》いたのを覚《おぼ》えています。

『天《てん》の槍《やり》』は、当時《とうじ》、旺文社《おうぶんしゃ》の学芸《がくげい》コンクールに応募《おうぼ》して佳作《かさく》に入選《にゅうせん》することができました。でも、トールキンの『指輪物語《ゆびわものがたり》』やローズマリ・サトクリフのえがく一連《いちれん》の歴史物語《れきしものがたり》が好《す》きだった私《わたし》は、なんとかして自分《じぶん》もひとつの場面《ばめん》ではなく、ひとつの世界《せかい》、ひとつのストーリーが書《か》きたいと思《おも》っていました。

サトクリフが書《か》く一章《しょう》の長《なが》さが何《なん》ページくらいなのか、あるとき、計算《けいさん》してみたことがあります。そうか、このくらいの場面《ばめん》の積《つ》み重《かさ》ねなんだ……と、創作《そうさく》の秘密《ひみつ》に少《すこ》しだけふれたような感《かん》じがしました。

どんなにおもしろい設定《せってい》でも、ダラダラとかいたら人《ひと》はあきてしまいます。すばらしい物語《ものがたり》には、その作家《さっか》ならではの呼吸《こきゅう》やリズムがあるのです。すぐれた作家《さっか》には、文章《ぶんしょう》はもちろん、章立《しょうだ》てにもまたリズムがあるということに気《き》がついたのは、あのときかもしれません。

結局《けっきょく》、私《わたし》がはじめて完結《かんけつ》させることができた物語《ものがたり》は、四百字詰《じづ》め原稿用紙《げんこうようし》にして、じつに千枚《まい》をこえる大長編《だいちょうへん》でした。

さいしょは十数枚《じゅうすうまい》書《か》いて、一場面《いちばめん》を完結《かんけつ》することができた。

それから書《か》いて、書《か》いて、書《か》きつづけて、大学生《だいがくせい》のときに書《か》いたその千枚《まい》を完結《かんけつ》させるまでに、長《なが》い、長《なが》いトンネルの出口《でぐち》を求《もと》めて、試行錯誤《しこうさくご》をくりかえしながら、文章修業《ぶんしょうしゅぎょう》をしていたのだと思《おも》います。

それが、私《わたし》の作家《さっか》としての原点《げんてん》になりました。

当時《とうじ》、公募小説《こうぼしょうせつ》の募集要項《ぼしゅうようこう》はだいたい原稿用紙《げんこうようし》四百枚《まい》ぐらいが上限《じょうげん》でしたから、まったくの新人《しんじん》の千枚《まい》の大作《たいさく》なんて、書《か》いたところで、どこにも応募《おうぼ》することはできません。書《か》きあげたらどうするかということさえ考《かんが》えもしないで、ひたすら書《か》きつづけたそれは、ひとりの男《おとこ》が不思議《ふしぎ》な力《ちから》を持《も》つ女《おんな》の子《こ》を連《つ》れて旅《たび》をするストーリーでした。

そうです。いつか世《よ》に出《だ》したいと思《おも》っていたその物語《ものがたり》こそ、「守《も》り人《びと》」シリーズの原型《げんけい》なのです。

はるか、文字《もじ》すらないむかしから、人《ひと》はたくさんの物語《ものがたり》をつむいできました。

プロットを立《た》てて、物語《ものがたり》をどうやって組《く》みたてるのか、そういう「物語《ものがたり》の方程式《ほうていしき》」を教《おし》えることはかんたんです。でも方程式《ほうていしき》どおりに組《く》みたてた作品《さくひん》は、だいたいがありがちの展開《てんかい》、ありきたりの物語《ものがたり》になってしまいます。プロの作家《さっか》は、反対《はんたい》に、お決《き》まりの方程式《ほうていしき》をいかに外《はず》すかを必死《ひっし》で考《かんが》えているものです。

ありとあらゆる物語《ものがたり》がすでに書《か》きつくされてしまったかのように思《おも》えるなかで、自分《じぶん》だけが書《か》くことができる物語《ものがたり》に、どうしたらたどりつけるのか。それだけは、人《ひと》から教《おそ》わることができない、それぞれの作家《さっか》が自分自身《じぶんじしん》で見《み》つけだすしかないことなのです。

この本《ほん》では、私《わたし》が物語《ものがたり》を書《か》くことができるようになるまでをふりかえってみたいと思《おも》います。私《わたし》なりに歩《あゆ》んできた道《みち》のりが「どうしたら作家《さっか》になれるのか。」という質問《しつもん》の、ひとつの答《こた》えになっているといいのですが。

私《わたし》は河合隼雄物語賞《かわいはやおものがたりしょう》という文学賞《ぶんがくしょう》の審査員《しんさいん》をしているのですが、その賞《しょう》の創設《そうせつ》を記念《きねん》して、村上春樹《むらかみはるき》さんが京都《きょうと》で行《おこな》った講演《こうえん》を聞《き》いたとき、彼《かれ》が語《かた》ったエピソードが、いまも心《こころ》に焼《や》きついています。

ある若者《わかもの》が、有名《ゆうめい》なジャズピアニストに「あなたのような音《おと》を出《だ》すにはどうしたらいいですか。」と聞《き》いたら、そのジャズピアニストは彼《かれ》をピアノの前《まえ》に連《つ》れていって、こう言《い》った、というのです。

「だれにとっても鍵盤《けんばん》はこの数《かず》しかないよ。」

小説《しょうせつ》も同《おな》じです。だれにとっても、道具《どうぐ》はパソコンやペン、そして頭《あたま》と手《て》だけ。どんな作家《さっか》も、そこから生《う》みだすしかないのです。

第《だい》一章《しょう》　生《い》きとし生《い》けるものたちと

おばあちゃんとわたし

私《わたし》のもっとも古《ふる》い記憶《きおく》のひとつは、一匹《ぴき》の大《おお》きなガマガエルです。おさない私《わたし》が、父方《ちちかた》の祖母《そぼ》と、庭《にわ》にいるその巨大《きょだい》なカエルをじっと見《み》ているのです。お風呂場《ふろば》をつくるために庭《にわ》をつぶしたのは、私《わたし》が二歳《さい》のときでした。とすると、これは私《わたし》が二歳《さい》になるかならないかの記憶《きおく》ということになります。

親《おや》は「そんなにちっちゃかったころのことを、そこまで覚《おぼ》えているはずがない。」と言《い》うけれど、ガマガエルのひらべったい背中《せなか》の感《かん》じや、そのときの日差《ひざ》しのかげん、木戸《きど》についていた鈴《すず》が鳴《な》る音《おと》まで、ありありと思《おも》いうかべることができます。「緑青《ろくしょう》」という言《こと》葉《ば》はまだ知《し》らなかったけれど、その鈴《すず》が緑色《みどりいろ》にさびているのも、まるで一枚《まい》の絵《え》のようにはっきりと覚《おぼ》えているのです。

記憶《きおく》というのは不思議《ふしぎ》なものです。

あとになって家族《かぞく》から聞《き》いた話《はなし》をもとに再構成《さいこうせい》したのだと言《い》われれば、そうかもしれません。でも「なにかある」一シーンだからこそ記憶《きおく》に焼《や》きついているのではないでしょうか。

作家《さっか》になったいまでも、物語《ものがたり》がひらめくときは、必《かなら》ずひとつの光景《こうけい》が浮《う》かびます。それは繭玉《まゆだま》を一個《こ》あたえられたようなもので、私《わたし》は、それをときほぐすようにして物語《ものがたり》を書《か》いてきたのです。

生《う》まれたとき、心臓《しんぞう》に雑音《ざつおん》があった私《わたし》は、体《からだ》が弱《よわ》く病気《びょうき》がちで、両親《りょうしん》はお医者様《いしゃさま》から「この子《こ》はそう長《なが》くは生《い》きられないかもしれない。」と言《い》われたそうです。

かぜをひくとすぐに肺炎《はいえん》になってしまうような、病院通《びょういんがよ》いの多《おお》い子《こ》どもで、本当《ほんとう》は男《おとこ》の子《こ》みたいに思《おも》いっきりかけまわりたいのに、それがゆるされないことはくやしくて、悲《かな》しくて、でも自分《じぶん》ではどうすることもできません。

そんな私《わたし》の支《ささ》えになってくれたのが、父方《ちちかた》の祖母《そぼ》でした。おばあちゃんはものすごく話《はなし》のうまい人《ひと》で、私《わたし》は、おばあちゃんの膝《ひざ》に頭《あたま》をくっつけてあまえながら、たくさんの昔話《むかしばなし》を聞《き》いて育《そだ》ったのです。

おばあちゃんがしてくれる昔話《むかしばなし》は、絵本《えほん》で読《よ》むようなお話《はなし》とはまたちがっていました。

いわゆる「口頭伝承《こうとうでんしょう》」といって、人《ひと》が口《くち》から口《くち》へ伝《つた》えてきたお話《はなし》で、山口県《やまぐちけん》で生《う》まれ、福岡《ふくおか》に嫁《とつ》いだおばあちゃんは、自分《じぶん》も耳《みみ》で聞《き》き覚《おぼ》えたであろう、その土地《とち》その土地《とち》で語《かた》り伝《つた》えられてきたお話《はなし》をいくつも聞《き》かせてくれました。

物語《ものがたり》には、目《め》より先《さき》に、耳《みみ》から入《はい》ったというわけです。

しかもおばあちゃんは、私《わたし》の反応《はんのう》を見《み》ながら、先《さき》の展開《てんかい》をどんどん変《か》えてしまいます。おかげで、私《わたし》は、自分《じぶん》で本《ほん》を読《よ》めるようになるまえに「つぎはどうなるんだろう。」「つぎはどうなるんだろう。」とワクワクしながら、物語《ものがたり》を想像《そうぞう》する楽《たの》しさを知《し》ってしまったのだと思《おも》います。


「むかしな、あるところにじいさんばあさんがおってな。じいさんばあさんの住《す》んでいる家《いえ》の裏手《うらて》には土《ど》まんじゅうがあってな。土《ど》まんじゅうって、わかるか？」

「わかんない。」

「人《ひと》がなくなったけれど、だれもお墓《はか》を建《た》ててくれない。そういう無縁仏《むえんぼとけ》さんが入《はい》ったお

父方《ちちかた》の祖母《そぼ》と。いつも着物姿《きものすがた》で背筋《せすじ》がしゃんとしていました。
本当《ほんとう》に優《やさ》しくて、話《はな》し上手《じょうず》のおばあちゃんでした。

墓《はか》のことをいうんだよ。」

おばあちゃんは、私《わたし》の顔《かお》をじっと見《み》ながら語《かた》りはじめます。

こわい話《はなし》は、おばあちゃんの十八番《おはこ》。

「ああ、かわいそうにこんなところでなくなられて、どなただろうと思《おも》いながら、じいさんばあさん、人《ひと》がいいから毎日毎日《まいにちまいにち》草取《くさと》りをして、お花《はな》をあげたりしていた。そうしたらある夜《よ》、眠《ねむ》っていると、家《いえ》の外《そと》から、鎧金具《よろいかなぐ》がちゃりちゃり、ちゃりちゃり鳴《な》る音《おと》がして、たくさんの馬《うま》がいなないている。いったい、なにが起《お》きたんだろうと、じいさんばあさん、こわくて寝床《ねどこ》でふるえていたら、ほとほと、ほとほと、戸《と》をたたく音《おと》がした。『夢《ゆめ》ではないぞ、夢《ゆめ》ではないぞ。われは平家《へいけ》の落人《おちうど》である。ゆえあってここでなくなったけれど、おまえたちが毎日毎日《まいにちまいにち》供養《くよう》してくれたおかげでようやく成仏《じょうぶつ》できる。ありがとう。夢《ゆめ》ではないぞ、夢《ゆめ》ではないぞ。』、そう言《い》って去《さ》っていったそうな。」

それはまるで本当《ほんとう》に起《お》こったできごとのような感《かん》じがしました。

夢《ゆめ》ではないぞ、夢《ゆめ》ではないぞ。

いまでも、おばあちゃんがそう言《い》ったときの声色《こわいろ》や口調《くちょう》が耳《みみ》の底《そこ》に残《のこ》っています。

しめった闇《やみ》の中《なか》にたくさんの馬《うま》がざわざわといる気配《けはい》や、何者《なにもの》かが戸《と》を「ほとほと、ほとほと」とたたく音《おと》を、私《わたし》も、たしかに聞《き》いたような気《き》がするのです。

「鎧金具《よろいかなぐ》」という言葉《ことば》を知《し》らなくても「鎧金具《よろいかなぐ》がちゃりちゃり、ちゃりちゃり鳴《な》る音《おと》がして。」と聞《き》くと、子《こ》どもは「鎧金具《よろいかなぐ》」の印象《いんしょう》を「ちゃりちゃり、ちゃりちゃり」鳴《な》る音《おと》として耳《みみ》にとどめるのでしょう。時代《じだい》もののドラマを見《み》たりして「平家《へいけ》の落人《おちうど》」というのが何者《なにもの》で「鎧金具《よろいかなぐ》」というのがなにかを知《し》ったのはずっとあとのことです。

言葉《ことば》の意味《いみ》がわからなくても、ちっとも気《き》になりませんでした。

おばあちゃんが、「ちょうちんぶらぶら、お先《さき》に帰《かえ》りましょ。」などと、調子《ちょうし》のよい歌《うた》を歌《うた》いながら、「ほい」「ほい」と手《て》をたたくのに合《あ》わせて、私《わたし》がうれしそうにおどっているのを、父《ちち》と母《はは》は「しょうがないなあ。」と笑《わら》いながら見《み》ていたそうです。子《こ》どもって、言《こと》葉《ば》のひびきだけで、身体《からだ》が反応《はんのう》してしまうものですよね。

「ちちんぷいぷい」じゃないけれど、おばあちゃんは、そういうおまじないみたいな、調《ちょう》子《し》がよくておもしろい言葉《ことば》を、いくつも知《し》っていました。

のどに魚《さかな》の小骨《こぼね》がつかえたとき、食《た》べかけの魚《さかな》を頭《あたま》の上《うえ》にのせられたことがありました。おばあちゃんが、その魚《さかな》の上《うえ》に手《て》を置《お》いて、「うむっ。」と気合《きあい》をいれたら、ふっと小《こ》骨《ぼね》がぬけて、びっくりしたことがあります。おばあちゃんいわく、「魚《さかな》が自分《じぶん》の小骨《こぼね》を引《ひ》っぱるんだよ。」って。不思議《ふしぎ》ですよね。

私《わたし》は、そんなおばあちゃんのことが大好《だいす》きでした。

人《ひと》と獣《けもの》の物語《ものがたり》

りょうりょうと風《かぜ》が吹《ふ》き渡《わた》る夕暮《ゆうぐ》れの野《の》を、まるで火《ひ》が走《はし》るように、赤《あか》い毛《け》なみを光《ひか》らせて、一匹《ぴき》の子狐《こぎつね》が駆《か》けていた。

背後《はいご》から、狂《くる》ったように吠《ほ》える犬《いぬ》の声《こえ》が、いくつも乱《みだ》れて、追《お》ってくる。

腹《はら》に鋭《するど》い痛《いた》みが走《はし》って、子狐《こぎつね》は一瞬《いっしゅん》腹《はら》をふるわせた。

その子狐《こぎつね》――〈野火《のび》〉は、おのれの命《いのち》が、煙《けむり》のように細《ほそ》くたなびき、消《き》えていくのを感《かん》じていた。

――『狐笛《こてき》のかなた』（理論社《りろんしゃ》）

これは『狐笛《こてき》のかなた』の冒頭《ぼうとう》の一シーンです。

この物語《ものがたり》は、枯《か》れ野《の》を走《はし》る一匹《ぴき》の狐《きつね》の姿《すがた》が、心《こころ》に浮《う》かんだ瞬間《しゅんかん》に生《う》まれました。

主人公《しゅじんこう》の〈野火《のび》〉は、この世《よ》と神《かみ》の世《よ》の〈あわい〉に生《う》まれた霊狐《れいこ》です。

子《こ》どものころ、おばあちゃんがしてくれた昔話《むかしばなし》の中《なか》にも、狐《きつね》や化《ば》け猫《ねこ》がよく出《で》てきました。お話《はなし》に出《で》てくる動物《どうぶつ》たちは、人《ひと》をだましたりもするけれど、人《ひと》と交《まじ》わり、時《とき》には子《こ》をなすこともありました。私《わたし》が、人《ひと》と獣《けもの》の距離《きょり》が近《ちか》い物語《ものがたり》を書《か》くことになったのは、どうもそのあたりにルーツがありそうな気《き》がします。


たとえば「山猫《やまねこ》に育《そだ》てられた赤《あか》ちゃんの話《はなし》」は、いまでもすごく印象《いんしょう》に残《のこ》っています。

「むかしむかし、あるところに、農家《のうか》のお嫁《よめ》さんが赤《あか》ちゃんを産《う》んだけれども、いそがしいので畑《はたけ》のうねのところに赤《あか》ちゃんを置《お》いて野良仕事《のらしごと》をしていた。ところがふっと目《め》をやると、どうしたことか、赤《あか》んぼうがいない。村《むら》じゅうの者《もの》がさがしたけれど見《み》つからなかった。何年《なんねん》も経《た》った後《あと》、猟師《りょうし》が山《やま》に入《はい》ると、大《おお》きな猫《ねこ》がよちよち歩《ある》きの子《こ》どもを育《そだ》てているではないか。『おのれ、化《ば》け猫《ねこ》め！』猟師《りょうし》は猫《ねこ》をうち殺《ころ》してしまった。」

おさないころ、おばあちゃんにこの話《はなし》を聞《き》かされたとき、私《わたし》は、その猫《ねこ》が子《こ》どもをかばって死《し》ぬところを想像《そうぞう》して「せっかく赤《あか》ちゃんを育《そだ》てていたのに、うち殺《ころ》すなんてかわいそうだ。」とおこって、わあわあ泣《な》いた覚《おぼ》えがあるのです。

この話《はなし》には後日談《ごじつだん》があって、父《ちち》がおばあちゃんから聞《き》かされた話《はなし》は、私《わたし》が覚《おぼ》えていたのとはかなりちがっていたのでした。

猫《ねこ》が赤《あか》んぼうをさらって育《そだ》てるのは同《おな》じでも、そもそも「むかしむかし、あるところに」という昔話《むかしばなし》じゃなかったと言《い》うのです。「本当《ほんとう》にあったお話《はなし》」、それもお話《はなし》に出《で》てくる農家《のうか》のお嫁《よめ》さんを知《し》っているくらいの身近《みぢか》さだったと言《い》うのだから、そっちのほうがおどろきですよね。

父《ちち》が聞《き》き覚《おぼ》えていた話《はなし》の結末《けつまつ》は、こうです。

「畑《はたけ》のうねから赤《あか》んぼうがいなくなったというので、村《むら》の衆《しゅう》は総出《そうで》で笛《ふえ》や太鼓《たいこ》を鳴《な》らして山奥《やまおく》までさがしまわった。すると木《き》の上《うえ》のほうに赤《あか》いはぎれをいっぱい集《あつ》めてできあがった巣《す》のようなものを見《み》つけた。冬枯《ふゆが》れの山《やま》ン中《なか》は赤《あか》い色《いろ》なんてほかになにもないので、そこだけがとても目立《めだ》った。登《のぼ》ってみると、ごくふつうの家猫《いえねこ》が巣《す》をつくっていて、その巣《す》の中《なか》にいなくなった赤《あか》んぼうがねむっていた。いったいどうやって引《ひ》っぱりあげたものやら。不思議《ふしぎ》なこともあるものだ。」

「冬枯《ふゆが》れの山《やま》ン中《なか》は赤《あか》い色《いろ》なんてほかになにもない。」と言《い》われると、モノトーンの景色《けしき》の中《なか》に一点《いってん》、ぽっと灯《あか》りがともったように、猫《ねこ》がこしらえた巣《す》の赤《あか》が見《み》えてくるような気《き》がしませんか。

民俗学者《みんぞくがくしゃ》の柳田國男《やなぎたくにお》が岩手県《いわてけん》の遠野地方《とおのちほう》に伝《つた》わる民間伝承《みんかんでんしょう》を集《あつ》めた『遠野物語《とおのものがたり》』は、聞《き》き書《が》きのかたちで書《か》かれているせいか、河童《かっぱ》や座敷童《ざしきわらし》が出《で》てくるような話《はなし》でも、まるで本当《ほんとう》にあったできごとのように、まことしやかに語《かた》られています。

おばあちゃんがしてくれた話《はなし》も『遠野物語《とおのものがたり》』に通《つう》じるような、人《ひと》が口《くち》から口《くち》に伝《つた》えてきた話《はなし》ならではの、真《しん》にせまったところがありました。日常《にちじょう》からは遠《とお》い話《はなし》なのに「もしかしたら。」と思《おも》わせるところがある、ものすごく生々《なまなま》しい実感《じっかん》があるのです。

私《わたし》の書《か》く物語《ものがたり》は「ハイ・ファンタジー（異世界《いせかい》ファンタジー）」と呼《よ》ばれています。現実《げんじつ》には存在《そんざい》しない世界《せかい》の話《はなし》ですから、日常《にちじょう》から遠《とお》い、夢物語《ゆめものがたり》みたいに思《おも》われることもありますが、本物《ほんもの》のファンタジーは、日常《にちじょう》よりもっと深《ふか》いところで、もっと生々《なまなま》しい実感《じっかん》につながる瞬間《しゅんかん》があるような気《き》がします。少《すく》なくとも、私《わたし》が、おばあちゃんの話《はなし》から受《う》けとっていたリアリティというのは、それに近《ちか》い感《かん》じがしました。

子《こ》どものころはそこまではわからなかったけれど、そこで生《い》きている人《ひと》たちの実感《じっかん》がちゃんとえがかれていると、不思議《ふしぎ》な話《はなし》でも、ただの絵空事《えそらごと》と思《おも》えなくなってくる。どこか日常《にちじょう》と地続《じつづ》きの感《かん》じがしてくるのだと思《おも》います。

猫《ねこ》といえば、おばあちゃんはこんな話《はなし》もしてくれました。

「猫《ねこ》というのは意外《いがい》とあなどれんものだから、気《き》をつけなさい。数日《すうじつ》いなくなったなと思《おも》ったら、しっぽを見《み》るのだよ。しっぽがふたまたになっていたら、免許皆伝《めんきょかいでん》しているのだからね。」

「免許皆伝《めんきょかいでん》って、なあに？　おばあちゃん。」

「免許皆伝《めんきょかいでん》っていうのは、一人前《いちにんまえ》の化《ば》け猫《ねこ》になった、ということだよ。猫《ねこ》が旅《たび》をして、猫《ねこ》岳《だけ》に行《い》く。すると、化《ば》け猫《ねこ》の親分《おやぶん》がいて、化《ば》け猫《ねこ》志願《しがん》の猫《ねこ》たちはその前《まえ》で『猫《ねこ》じゃ猫《ねこ》じゃ』をおどる。そうしてりっぱな化《ば》け猫《ねこ》の霊力《れいりょく》を得《え》て、帰《かえ》ってくるのだよ。」

これを聞《き》いた私《わたし》が、猫《ねこ》を見《み》ると、つい「猫《ねこ》じゃ猫《ねこ》じゃ」をおどっているところを想像《そうぞう》してしまったことは言《い》うまでもありません。もちろんしっぽをチラ見《み》することもわすれずに。

物語《ものがたり》は、そんなふうに日常《にちじょう》の中《なか》に入《はい》りこんでいました。

おまけに、私《わたし》は、ものすごく「その気《き》になりやすい子《こ》ども」だったのです。

なにしろ、おばあちゃんの合《あ》いの手《て》でおどりだしちゃうくらいですから。

物語《ものがたり》の世界《せかい》にどっぷりひたりこんで、登場人物《とうじょうじんぶつ》になりきってしまう。それこそおばあちゃんが「山猫《やまねこ》に育《そだ》てられた赤《あか》ちゃん」の話《はなし》をしてくれたときには、私《わたし》は、猫《ねこ》に育《そだ》てられた子《こ》どもになりきって、大《おお》きな猫《ねこ》の背《せ》にかばわれながら、猟師《りょうし》の銃口《じゅうこう》を見《み》ていたのでしょう。それで猟師《りょうし》が猫《ねこ》をうったら、あんなにわあわあ泣《な》いたのだと思《おも》います。

「すべったり釜《かま》のふた。」というのが、おばあちゃんのお話《はなし》のおしまいの合図《あいず》。

「とめ言葉《ことば》」といって、これを言《い》ったら終《お》わりですよという決《き》まり文句《もんく》でした。

そうして日常《にちじょう》にもどってきたはずなのに、ついさっきまで自分《じぶん》がどっぷり入《はい》りこんでいた物語《ものがたり》にまだひたっていて、私《わたし》は「日常《にちじょう》」と「物語《ものがたり》」の境界線《きょうかいせん》を行《ゆ》きつもどりつしていました。

物語《ものがたり》と日常《にちじょう》のあいだで

いまにして思《おも》うと「守《も》り人《びと》」シリーズの主人公《しゅじんこう》、女用心棒《おんなようじんぼう》のバルサにも、この父方《ちちかた》の祖《そ》母《ぼ》の影響《えいきょう》が大《おお》きいような気《き》がします。

おばあちゃんの生家《せいか》は、江戸時代《えどじだい》までは古流柔術《こりゅうじゅうじゅつ》の指南役《しなんやく》としてお殿様《とのさま》のお馬廻《うままわ》り、まあ、ボディーガードのような仕事《しごと》をしてきた家系《かけい》で、江戸時代《えどじだい》の末期《まっき》に生《う》まれたおばあちゃんの、おばあちゃんにあたる人《ひと》（私《わたし》のひいひいおばあちゃん）は、その家《いえ》のひとり娘《むすめ》でした。このままでは家《いえ》が絶《た》えるからと婿養子《むこようし》をとることになったのですが、どの男《おとこ》をすすめてみても「うん。」と言《い》わない。年貢《ねんぐ》のお米《こめ》を大八車《だいはちぐるま》にのせて城下《じょうか》に納《おさ》めにくる男《おとこ》がいて、いい声《こえ》で歌《うた》を歌《うた》う。どうも、この男《おとこ》にほれてしまったらしい。

調《しら》べてみると、その男《おとこ》は村相撲《むらずもう》の大関《おおぜき》（村相撲《むらずもう》では横綱《よこづな》はいなかったそうで、たぶん、いちばん強《つよ》かったのでしょう）で、しかも農民《のうみん》ながら名字帯刀《みょうじたいとう》をゆるされている家柄《いえがら》だとわかりました。そして、めでたく婿養子《むこようし》に入《はい》ったのが、おばあちゃんのおじいちゃん、私《わたし》のひいひいおじいちゃんです。

こういう話《はなし》も、おばあちゃんから聞《き》いたり、のちに父《ちち》からくわしく教《おし》えてもらったりしたものです。家族《かぞく》の思《おも》い出《で》なのに、まるでよくできた民話《みんわ》みたいですよね。おばあちゃんにとっては平家《へいけ》の落人《おちうど》の話《はなし》も、化《ば》け猫《ねこ》の話《はなし》も、家族《かぞく》の思《おも》い出《で》も、全部並列《ぜんぶへいれつ》で、なんの区別《くべつ》もないようでした。

このひいひいおじいちゃんが、また、いろんな武勇伝《ぶゆうでん》のある人《ひと》で、ご城下《じょうか》にかけこんできた暴《あば》れ馬《うま》を素手《すで》ではっしと止《と》めたとか、年《とし》をとってからも、若《わか》いもんを右《みぎ》へ左《ひだり》へぶんぶん投《な》げとばしたとか、強《つよ》いのなんの。カッコよくって鳥肌《とりはだ》ものでした。

体《からだ》の弱《よわ》かった私《わたし》には、ずっと「強《つよ》さ」に対《たい》するあこがれがありました。

それも強《つよ》くて当《あ》たり前《まえ》の人《ひと》が強《つよ》いんじゃなくて、弱《よわ》くて当《あ》たり前《まえ》のおじいちゃんが強《つよ》かったり、女《おんな》の人《ひと》が強《つよ》かったりすると興奮《こうふん》してうれしくなっちゃう。

「ごっこ遊《あそ》び」が好《す》きだったのも、そのせいかもしれません。

女《おんな》の子《こ》なのに『ひみつのアッコちゃん』より、『風《かぜ》のフジ丸《まる》』や『スーパージェッター』が大好《だいす》きで、あるときは忍者《にんじゃ》になり、またあるときは特撮《とくさつ》ヒーローになりきって遊《あそ》んでいました。

かわいらしいものが大好《だいす》きな母《はは》は、私《わたし》にアップリケのついたスカートを着《き》せたがったけれど、私《わたし》はズボンをはきたいと思《おも》っていました。母《はは》には申《もう》しわけないけれど、女《おんな》の子《こ》らしいものをねだったことは、ただの一度《いちど》もなかったと思《おも》います。

「まちがえるな。おまえは女《おんな》だぞ。」

父《ちち》からも口癖《くちぐせ》のようにそう言《い》われていました。

それでも親《おや》にしたら、体《からだ》の弱《よわ》かった娘《むすめ》が元気《げんき》にはしゃぎまわっていることがうれしかったのでしょう。あるとき、プラスチックでできたおもちゃの刀《かたな》を買《か》ってきて、自分《じぶん》は大刀《だいとう》を背負《せお》い、私《わたし》には小刀《しょうとう》を背負《せお》わせ、せまい家《いえ》の中《なか》で二手《ふたて》に分《わ》かれていっしょに忍者《にんじゃ》ごっこをしたのを覚《おぼ》えています。

ろうかでバッタリ出《で》くわすと「いたな……！」。九州男児《きゅうしゅうだんじ》で、がんこで、おっかない父《ちち》ですが、そういうときは、ノリがよかったのです。

いまでもわすれられない最高《さいこう》のごっこ遊《あそ》びは、いとこのお兄《にい》ちゃんとやった宇宙船《うちゅうせん》ごっこでした。

長野県《ながのけん》の野尻湖《のじりこ》のそばにある母方《ははかた》の祖母《そぼ》の家《いえ》の押《お》しいれは、居間《いま》ともうひとつの部屋《へや》の両側《りょうがわ》から開《あ》くようになっていました。押《お》しいれの扉《とびら》をぴしゃりとしめると、そこはまっ暗《くら》なコックピット。

「加速《かそく》します！」

「上昇《じょうしょう》します！」

「とうとうとなりの星《ほし》に着陸《ちゃくりく》しました！」

そうして乗《の》りこんだときとは反対側《はんたいがわ》を開《あ》けて、ふたたび、まぶしい世界《せかい》にもどってくる。

押《お》しいれの宇宙船《うちゅうせん》で、私《わたし》とお兄《にい》ちゃんは、星《ほし》から星《ほし》へと飛《と》びまわりました。何度《なんど》くりかえしても、あきることのないあの喜《よろこ》びは、創作《そうさく》の喜《よろこ》びとどこかでつながっていたのかもしれません。私《わたし》にとって「ごっこ遊《あそ》び」は、自分《じぶん》でつくった物語《ものがたり》をまるごと、自分《じぶん》で生《い》きることでした。おチビだろうと、体《からだ》が弱《よわ》かろうと関係《かんけい》ない。その物語《ものがたり》の中《なか》では、私《わたし》はどんな自分《じぶん》にもなることができたのです。

母方《ははかた》のいとこたちはみなやさしくて、私《わたし》とよく遊《あそ》んでくれました。おままごとをするとき、「かわいそうに。お父様《とうさま》はご病気《びょうき》なのね。」などと細《こま》かく指示《しじ》を出《だ》して、設定《せってい》を決《き》めていくのが楽《たの》しかったのを覚《おぼ》えています。「ごっこ遊《あそ》び」を通《とお》して、私《わたし》は、物語《ものがたり》をつくる訓《くん》練《れん》をしぜんとやっていたのかもしれません。

幸《しあわ》せなことに、私《わたし》の父《ちち》も、母《はは》も、いとこたちも、そういう私《わたし》の気持《きも》ちを、けっしてこわさない人《ひと》たちでした。六歳《さい》も年《とし》がはなれている弟《おとうと》も、私《わたし》にとっては最高《さいこう》の遊《あそ》び仲間《なかま》で、まだ幼稚園《ようちえん》にも行《い》っていなかった弟《おとうと》といっしょにおふろに入《はい》りながら、毎日《まいにち》、思《おも》いつきで物語《ものがたり》をつくって、お話《はなし》をしてあげていたりしました。また、弟《おとうと》が喜《よろこ》んでくれるんですよ、それが、うれしくってね。

父《ちち》は声《こえ》が大《おお》きくて、おこるときは烈火《れっか》のごとく、という人《ひと》。いまはあまり見《み》かけないような、「地震雷火事親父《じしんかみなりかじおやじ》」と言《い》われるような強《つよ》い親父《おやじ》で、十代《だい》になると父《ちち》とはよくぶつかりました。性格《せいかく》が似《に》ているのでしょう、じつにはげしい口論《こうろん》をしたりしたものです。

それに対《たい》して、母《はは》は、天然《てんねん》ボケボケの、なんというか、天真爛漫《てんしんらんまん》で、とんでもないところがぬけていたりして、意図《いと》せず周囲《しゅうい》を笑《わら》わせてしまう人《ひと》。ものすごく負《ま》けず嫌《ぎら》いで、はしっこいところもあって、私《わたし》が小学校低学年《しょうがっこうていがくねん》だったころ、ピアノ教室《きょうしつ》のクリスマス会《かい》で、母親《ははおや》たちが椅子取《いすと》りゲームをしたのですが、まあ、そのときの母《はは》のすばしっこかったこと！　見事優勝《みごとゆうしょう》してしまい、私《わたし》はなんだか、喜《よろこ》ぶというよりあっけにとられたものです。

優勝賞品《ゆうしょうしょうひん》のドナルドダックの小《ちい》さなぬいぐるみは、長《なが》く我《わ》が家《や》にかざってありました。

この母《はは》もまた、私《わたし》が空想《くうそう》の中《なか》に入《はい》ってしまって、大《おお》さわぎするのを、止《と》めもせず、じつに大《おお》らかにつきあってくれていました。

わすれもしない、『ウルトラマン』の最終回《さいしゅうかい》でウルトラマンが死《し》んだときなど、私《わたし》は泣《な》いて泣《な》いて、吐《は》いてしまうほど大泣《おおな》きしたものです。なにしろ、地球《ちきゅう》を守《まも》ってくれているウルトラマンが怪獣《かいじゅう》に負《ま》けて死《し》んだのですから、もう地球《ちきゅう》はおしまいだ、と思《おも》ったのでした。

すると、その翌日《よくじつ》、母《はは》が、「大変《たいへん》、大変《たいへん》、なこちゃん、ウルトラマンからお手紙《てがみ》が届《とど》いているわ。」と、言《い》うではありませんか。母《はは》が差《さ》しだしたのは、私《わたし》のお絵描《えか》きノート。そう、ウルトラマンは、なぜか、私《わたし》のお絵描《えか》きノートにお手紙《てがみ》を書《か》いていたのです。

菜穂子《なほこ》ちゃん。僕《ぼく》は死《し》んだんじゃないんだ。M《エム》78星雲《せいうん》に帰《かえ》っただけなんだよ。

菜穂子《なほこ》ちゃん、とウルトラマンに呼《よ》びかけられたことにおどろきましたし、ごていねいに自分《じぶん》の似顔絵《にがおえ》までとなりのページにかいてあるのにもおどろきましたが、私《わたし》はもう大喜《おおよろこ》びで、母《はは》に、「お母《かあ》さん、見《み》て、ウルトラマン、生《い》きてたよ！　地球《ちきゅう》はまだ大丈夫《だいじょうぶ》だよ！」とだきついたのを覚《おぼ》えています。手紙《てがみ》の筆跡《ひっせき》が母《はは》のものであることに気《き》づいたのは、ウルトラセブンの背中《せなか》にチャックがあることに気《き》づいたのと同《おな》じころでした。

おだつんじゃない

私《わたし》がさいしょに通《かよ》った台東区立根岸小学校《たいとうくりつねぎししょうがっこう》は、東京《とうきょう》の下町《したまち》にありましたので、なんと体育館《たいいくかん》には二枚合《まいあ》わせると土俵《どひょう》になるマットレスがあって、体育《たいいく》の授業《じゅぎょう》でおすもうをとったことがありました。格闘技大好《かくとうぎだいす》きの私《わたし》は大興奮《だいこうふん》で、休《やす》み時間《じかん》になっても、お砂場《すなば》で男《おとこ》の子《こ》たちと「ハッケヨイ、のこった！」と、すもうをとって遊《あそ》んだものです。学年《がくねん》で一番《いちばん》のおチビの私《わたし》でも、技《わざ》と作戦次第《さくせんしだい》では男《おとこ》の子《こ》に勝《か》てるのがうれしくて、あの手《て》この手《て》を真剣《しんけん》に考《かんが》えたものです。

強《つよ》さに対《たい》するあこがれがあったせいでしょうか。やがて高校生《こうこうせい》になり、周《まわ》りの女《おんな》の子《こ》が恋愛《れんあい》に胸《むね》ときめかせる年《とし》ごろになっても、私《わたし》は、まだ「ごっこ遊《あそ》び」の気分《きぶん》を持《も》ちつづけていました。

これを言《い》ったら「そんな女子高生《じょしこうせい》はいない。」と笑《わら》われてしまいそうですが、ボクシング漫画《まんが》の『リングにかけろ』にハマって、自分《じぶん》でもパワーリストを買《か》って、つけたまま通《つう》学《がく》していたこともあります。主人公《しゅじんこう》がパワーリストをつけて日常生活《にちじょうせいかつ》を送《おく》るようにしたら、すさまじい右《みぎ》ストレートを打《う》てるようになったというのを読《よ》んで「自分《じぶん》もあんな右《みぎ》ストレートを打《う》ってみたい！」と思《おも》ったのです。

スポ根漫画《こんまんが》の主人公《しゅじんこう》って、たいていさいしょは弱《よわ》くて、情《なさ》けないですよね。『エースをねらえ！』の岡《おか》ひろみも、さいしょはどうしようもない落《お》ちこぼれです。それが鬼《おに》コーチとか、手《て》ごわいライバルとか、いろんな人《ひと》たちと出会《であ》って、それまで気《き》づけなかったことを教《おそ》わりながら、成長《せいちょう》していく。スポ根漫画《こんまんが》というのは、なにかを学《まな》んだり、きたえたりしながら、ものすごく努力《どりょく》することによって、自分《じぶん》の弱《よわ》さをひとつひとつ乗《の》りこえて、強《つよ》くなっていく物語《ものがたり》です。

私《わたし》も強《つよ》くなりたかった。それがたとえ「パワーリストをつける」という単純《たんじゅん》な方法《ほうほう》だったとしても、それでなにかが変《か》わる瞬間《しゅんかん》が味《あじ》わえるのなら、自分《じぶん》でもやってみずにいられなかったのだと思《おも》います。

巻《ま》いてあるマットレスを素手《すで》でなぐって、拳《こぶし》をすりむき、はれあがったこともありました。あまりの痛《いた》さに、もう二度《にど》とやるまいと思《おも》いましたが、私《わたし》の中《なか》には、どうも、つねに、なぐりたい、戦《たたか》いたいという、つき動《うご》かされるような気持《きも》ちがあったのです。それはもう、じつにはげしい暴力衝動《ぼうりょくしょうどう》で、胸《むね》の中《なか》に荒《あ》れくるう獣《けもの》がいるような気《き》がするときすらありました。なぐりたい、けりたい、爆発《ばくはつ》したい。

べつに、日常生活《にちじょうせいかつ》に不満《ふまん》があったわけではないのです。なんの理由《りゆう》もなく、ただ身体《からだ》の奥底《おくそこ》からふつふつとわきあがってきてしまうあの気持《きも》ちがいったいなんだったのか、いまもよくわかりませんが、でも、そういう気持《きも》ちをつねに持《も》っていた自分《じぶん》を覚《おぼ》えていることが、のちに、バルサの心《こころ》をえがくとき、大《おお》きな力《ちから》になったような気《き》がします。

あれは中学生《ちゅうがくせい》ぐらいだったでしょうか。友達《ともだち》から竹刀《しない》をゆずりうけ、自分《じぶん》の部屋《へや》の電灯《でんとう》に、小《ちい》さなヨーヨーをつるして、突《つ》きの練習《れんしゅう》をしていたことがありました。剣道部《けんどうぶ》だったわけではありません。ただ、突《つ》きの技《わざ》をみがいてみたかっただけなのです。

忍者《にんじゃ》ごっこを卒業《そつぎょう》するどころか、どんどん本格化《ほんかくか》する娘《むすめ》の武者修業《むしゃしゅぎょう》に、目《め》にあまるものを感《かん》じたのでしょう。ある日《ひ》、父《ちち》に、本気《ほんき》でおこられたことがありました。

「おまえは、なにか勘《かん》ちがいをしている。武士《ぶし》にとって刀《かたな》をぬくということは、そんなあまいものじゃなかった。チャンバラ映画《えいが》ではすぐに刀《かたな》をぬいて斬《き》りあっているけど、あんなのはうそだ。おばあちゃんが言《い》っていたものだ。武士《ぶし》は、刀《かたな》の鯉口《こいぐち》を切《き》ったら、自分《じぶん》の命《いのち》はそれまで、家族《かぞく》の命《いのち》もそれまで、と思《おも》うものだと。刀《かたな》は、ぬいたら、必《かなら》ず相手《あいて》を殺《ころ》さねば武道不覚悟《ぶどうふかくご》。御家《おいえ》も断絶《だんぜつ》するかもしれない。そのくらいの大《おお》きな、重《おも》いことだったんだ。生兵法《なまびょうほう》はけがのもとというが、ちゃんと習《なら》いもしないで竹刀《しない》をふりまわすなど、最低《さいてい》だ。そういう舞《ま》いあがった気持《きも》ちでいると、いつか必《かなら》ず、痛《いた》い目《め》を見《み》ることになるぞ。おだつんじゃない。」

おだつな、というのは「調子《ちょうし》に乗《の》るな」という意味《いみ》です。竹刀《しない》を手《て》にしただけで、剣豪《けんごう》にでもなった気《き》でうかうかと舞《ま》いあがっている娘《むすめ》を見《み》て、父《ちち》は「このまま放《ほう》っておいたら、あぶないな。」と思《おも》ったのにちがいありません。のぼせていた頭《あたま》に冷《ひ》や水《みず》をあびせられて、父《ちち》から言《い》われた言葉《ことば》がやけに身《み》にしみたのを覚《おぼ》えています。

「ごっこ遊《あそ》び」の延長《えんちょう》みたいな気持《きも》ちで、どうしたら敵《てき》をたおせるかということばかり考《かんが》えていた自分《じぶん》が、とつぜん、ものすごくはずかしい人間《にんげん》に思《おも》えてきたのです。ようやく、外側《そとがわ》から自分《じぶん》のおさない姿《すがた》が見《み》えたのでしょうね。予言《よげん》じゃないけど、父《ちち》が言《い》うとおり、こんなふうに、のぼせて、おさない気分《きぶん》のままふるまっていたら、いずれ自分《じぶん》はバカなことをして大《おお》けがをするんじゃないか。

強《つよ》さにあこがれること、それ自体《じたい》は悪《わる》いことではないでしょう。

でも、戦《たたか》いたい衝動《しょうどう》にまかせてふるまえば、どうなるのか。そのとき、私《わたし》は、傷《きず》つく相《あい》手《て》のことをどう思《おも》っているのか。そして、傷《きず》つくかもしれぬ自分《じぶん》のことはどう思《おも》うのか。

あのとき、身《み》のちぢむ思《おも》いをして実感《じっかん》したことは、いまも私《わたし》の中《なか》で、ひとつのいましめになっています。

『神《かみ》の守《も》り人《びと》』には、バルサが、師匠《ししょう》のジグロからはじめて短槍《たんそう》をさずけられたおさない日《ひ》のことをふりかえる場面《ばめん》があります。

――人《ひと》に槍《やり》をむけたとき、おまえは、自分《じぶん》の魂《たましい》にも槍《やり》をむけているのだ。

ジグロの言葉《ことば》が身《み》にしみてわかったのは、実際《じっさい》に短槍《たんそう》で人《ひと》と戦《たたか》ったあとだった。

あのとき、バルサは、吐《は》いた。手《て》に伝《つた》わった、人《ひと》を刺《さ》した感触《かんしょく》。それと、大地《だいち》にたおれている男《おとこ》の醜《みにく》い傷口《きずぐち》とがむすびついた瞬間《しゅんかん》、バルサは身《み》をよじって吐《は》いた……。

はじめて短槍《たんそう》を手《て》にしたとき、バルサは、まだ戦《たたか》うことの意味《いみ》さえ知《し》らず、ただ、燃《も》えたつような喜《よろこ》びしか感《かん》じませんでした。けれど、このときはちがいます。百戦錬磨《ひゃくせんれんま》の戦《たたか》いをくぐりぬけてきたこのときのバルサほど、そのことの後悔《こうかい》と嫌悪《けんお》を知《し》りぬいている者《もの》はいないでしょう。だからこそチキサに短剣《たんけん》をさずけるときに、こう言《い》うのです。

「タルの風習《ふうしゅう》は知《し》らないけれど、わたしの故郷《こきょう》では、短剣《たんけん》を帯《お》びるのは一人前《いちにんまえ》の大人《おとな》になったしるしなんだ。」

チキサは、よろこびに顔《かお》をかがやかせて、短剣《たんけん》の鯉口《こいぐち》を切《き》ると、ゆっくりと抜《ぬ》いた。

「ありがとうございます。——すごいや。」

白《しろ》く光《ひか》る刃《は》を魅《み》いられたように見《み》つめているチキサに、バルサがしずかにいった。

「カンバルではね、それを息子《むすこ》に渡《わた》す儀式《ぎしき》のとき、父親《ちちおや》がいう言葉《ことば》があるんだよ。剣《けん》の重《おも》みは、命《いのち》の重《おも》み。その短剣《たんけん》は、そなたの生《せい》であり、死《し》である。それを抜《ぬ》くときは、自分《じぶん》の命《いのち》をその刃《は》に託《たく》したものと覚悟《かくご》せよ。」

――『神《かみ》の守《も》り人《びと》　帰還編《きかんへん》』（偕成社《かいせいしゃ》）

この場面《ばめん》をかいたとき、私《わたし》には、遠《とお》いむかしに、おばあちゃんが父《ちち》に伝《つた》えた言葉《ことば》、そして、その言葉《ことば》をもって、「おだつんじゃない。」と私《わたし》をしかった父《ちち》の声《こえ》が、たしかに聞《き》こえていました。

はじめて心《こころ》の中《なか》に生《う》まれたときから、バルサが手《て》にしていた武器《ぶき》は短槍《たんそう》でした。

なぜ刀剣《とうけん》ではなく、短槍《たんそう》だったのか。

刀《かたな》ならいったんぬいたら相手《あいて》を斬《き》り殺《ころ》さずにはいられないけれど、短槍《たんそう》なら、柄《つか》の部分《ぶぶん》をうまく使《つか》って、別《べつ》のやりかたで切《き》りぬけることもできるかもしれない、そう思《おも》ったからでした。

戦《たたか》うことに強《つよ》く惹《ひ》かれながらも、同時《どうじ》に、人《ひと》を傷《きず》つけ、殺《あや》めることをおそれる。その矛《む》盾《じゅん》を身《み》のうちにかかえながら、葛藤《かっとう》しつづけるのが人間《にんげん》だと思《おも》うのです。

本《ほん》の虫《むし》

「菜穂子《なほこ》は将来《しょうらい》なにをしたいんだ？」

小学生《しょうがくせい》のころ、母方《ははかた》の伯父《おじ》に聞《き》かれたことがありました。

歴史《れきし》に興味《きょうみ》があった私《わたし》が「歴史《れきし》を勉強《べんきょう》してみたいです。」と言《い》うと、伯父《おじ》が、こう言《い》ったのです。

「本当《ほんとう》に学問《がくもん》をするなら、大学《だいがく》までじゃダメだ。大学院《だいがくいん》の博士課程《はくしかてい》まで行《い》かなきゃ、学《まな》んだとは言《い》えないよ。」

画家《がか》であり、大学教授《だいがくきょうじゅ》でもあった伯父《おじ》ならではの見解《けんかい》だったと思《おも》うのですが、子《こ》ども心《ごころ》に、なにか、くやしいというか、そこまでやらなきゃ認《みと》めてもらえないんだな、と思《おも》うような気持《きも》ちになったのでしょうね。小学生《しょうがくせい》なのに「博士課程《はくしかてい》」という言葉《ことば》が頭《あたま》に焼《や》きついてしまって、それがきっかけで「自分《じぶん》もいつか勉強《べんきょう》して必《かなら》ず大学院《だいがくいん》まで行《い》くぞ。」と、心《こころ》に決《き》めてしまったのだから、三《み》つ子《ご》の魂《たましい》、おそるべしです。

そんな私《わたし》が小学生《しょうがくせい》のころ、あこがれたのが、放射能《ほうしゃのう》の研究《けんきゅう》で女性《じょせい》としてはじめてノーベル賞《しょう》を受賞《じゅしょう》したことで知《し》られる、キュリー夫人《ふじん》でした。

いまはどうか知《し》りませんが、私《わたし》の子《こ》どものころには図書室《としょしつ》に行《い》くとズラリと偉人伝《いじんでん》が並《なら》んでいて、小学校低学年《しょうがっこうていがくねん》のころ、まるでなにかにとりつかれたみたいに、片《かた》っぱしから、それを読《よ》んでいきました。

偉人伝《いじんでん》の人《ひと》たちは、ウルトラマンとちがって、地続《じつづ》きのヒーローという感《かん》じがしました。エジソンにしろ、リンカーンにしろ、子《こ》どものころは度外《どはず》れて変《へん》なところがあったのです。

完全無欠《かんぜんむけつ》だから「偉人《いじん》」になったんじゃない、むしろ人《ひと》とは異《こと》なる欠点《けってん》や過剰《かじょう》さをかかえていたからこそ、ほかのだれともちがう道《みち》を歩《あゆ》むことになったんじゃないか。

最初《さいしょ》は欠点《けってん》だと思《おも》われていたことも、そうなると欠点《けってん》じゃなくなるんですね。度《ど》をこした欠点《けってん》こそが、その人《ひと》が道《みち》を切《き》り開《ひら》くときの、ほかのだれにもない武器《ぶき》になっていく。

おチビで体《からだ》が弱《よわ》かった私《わたし》は、欠点《けってん》をバネにした偉人《いじん》たちの逆転劇《ぎゃくてんげき》に夢中《むちゅう》になってしまったというわけです。

キュリー夫人《ふじん》にしても、やっぱり、とんでもない欠点《けってん》があったようです。それは「没頭《ぼっとう》しすぎる」ということ。

偉大《いだい》な業績《ぎょうせき》はさておき、おさない私《わたし》がなにより惹《ひ》かれたのは、そこです。なにしろ本《ほん》を読《よ》んでいると、あまりに没頭《ぼっとう》しすぎて、周《まわ》りがすっかり見《み》えなくなってしまうというのですから。

彼女《かのじょ》が読書《どくしょ》に没頭《ぼっとう》しているとき、兄弟《きょうだい》たちがふざけてまわりに椅子《いす》を積《つ》みあげてみたら、それでもやっぱり気《き》がつかなくて、読《よ》みおわって立《た》ちあがるときに、その椅子《いす》がガラガラとくずれて、はじめて気《き》がついた。それでみんなに笑《わら》われても、本人《ほんにん》は、どうして自分《ぶん》が笑《わら》われたのかわからなかったというのだから、相当《そうとう》なものです。私《わたし》も本《ほん》の虫《むし》だったので、これにはすっかりうれしくなってしまいました。

読書《どくしょ》する喜《よろこ》びをさいしょに教《おし》えてくれたのは、両親《りょうしん》でした。

父《ちち》も、母《はは》も、私《わたし》が物心《ものごころ》つくかつかないかのころから、絵本《えほん》の読《よ》み聞《き》かせをしてくれました。

子《こ》どもって、しつこいですからね。『もじゃもじゃペーター』という絵本《えほん》の「もじゃもじゃ」という言葉《ことば》のひびきが気《き》に入《い》って、何度《なんど》も読《よ》んでくれとせがまれたのがこたえたのか、母《はは》はいまだに「百ぺん言《い》わされた。」「死《し》ぬほどつかれた。」となげいているくらいです。

はじめて親《おや》にたのんで買《か》ってもらったのは『王《おう》さまの剣《つるぎ》』というアーサー王《おう》の物語《ものがたり》。だれもぬくことができなかったエクスカリバーという剣《つるぎ》を、少年《しょうねん》がぬく場面《ばめん》が大好《だいす》きでした。私《わたし》が神話《しんわ》や伝説《でんせつ》を好《す》きになったのは、この本《ほん》からだったのかもしれません。

野尻湖《のじりこ》にある祖母《そぼ》の家《いえ》の屋根裏《やねうら》で、ジュール・ヴェルヌの『海底二万里《かいていにまんり》』を見《み》つけたときのこともわすれられません。そこは叔父《おじ》の子《こ》ども時代《じだい》の勉強部屋《べんきょうべや》で、古《ふる》い時代《じだい》の本《ほん》がそのまま残《のこ》っていたのです。うっすらと本《ほん》に積《つ》もっていたほこりをはらうと、日《ひ》が暮《く》れるのも気《き》づかないまま、夢中《むちゅう》で読《よ》みふけりました。

私《わたし》が、あまりにも本《ほん》ばかり読《よ》んでいるので「このままでは実生活《じっせいかつ》がおろそかになる。」

と心配《しんぱい》した両親《りょうしん》は、やがて、本禁止令《ほんきんしれい》をだすようになりました。

「部屋《へや》を片《かた》づけるとか、宿題《しゅくだい》をするとか、ほかにやるべきことはいろいろある。そういうことをおろそかにするな。」と。

見《み》つかるとおこられるから、しまいには、ふとんをかぶり、懐中電灯《かいちゅうでんとう》を持《も》ちこんで、薄暗《うすぐら》い灯《あか》りをたよりに読《よ》んだりもしました。そこまでして読《よ》みたいか、って話《はなし》ですけど、私《わたし》は、だんだん本《ほん》を読《よ》むのはいけないこと、後《うし》ろめたいことのように思《おも》うようになっていたんです。

ところが、キュリー夫人《ふじん》は、人《ひと》からどんなに笑《わら》われようと、そんなことはおかまいなし。

黙々《もくもく》と本《ほん》を読《よ》みつづけ、自分《じぶん》の研究《けんきゅう》に没頭《ぼっとう》して、ついに単身《たんしん》ソルボンヌ大学《だいがく》に乗《の》りこんでいきます。生活費《せいかつひ》や食費《しょくひ》にも事欠《ことか》くなかで、学《まな》ぶ、学《まな》ぶ、学《まな》ぶ。赤《あか》かぶとサクランボ以《い》外口《がいくち》にせずに、ひたすら勉強《べんきょう》していたこともあったそうです。

私《わたし》は、なにがあろうとゆらぐことのない、あの学《まな》ぶことへの飢《う》えに惹《ひ》かれたのだと思《おも》います。

『獣《けもの》の奏者《そうじゃ》』のエリンも、そうですよね。

あの物語《ものがたり》で、エリンをつき動《うご》かしているのは「もっと学《まな》びたい」「もっと知《し》りたい」というあくなき探究心《たんきゅうしん》です。

「それにしても、すごい熱中《ねっちゅう》ぶりだったな。おれが入《はい》ってきても気《き》づかないほど、この書物《しょもつ》が面白《おもしろ》かったのか？」

エリンは答《こた》えに窮《きゅう》したように、うつむいた。

ジョウンがたくさん書物《しょもつ》を持《も》っていることを発見《はっけん》したのは、このまえ、ジョウンが商談《しょうだん》のために外出《がいしゅつ》したときだった。雨《あめ》が降《ふ》っていて外仕事《そとしごと》ができず、退屈《たいくつ》だったので、ジョウンの着物《きもの》のほつれでも縫《ぬ》ってみようと、奥《おく》の間《ま》の戸棚《とだな》をあけて、びっくりしたのだ。

人一人《ひとひとり》、入《はい》れるほど大《おお》きな戸棚《とだな》いっぱいに、書物《しょもつ》が積《つ》みあげられていた。ひとところにこんなにたくさんの書物《しょもつ》があるのを見《み》たのは、生《う》まれて初《はじ》めてだった。ジョウンのものを、勝手《かって》にさわってはいけないと思《おも》ったけれど、なんの書物《しょもつ》なのか知《し》りたくて、がまんできなかった。

一冊一冊《いっさついっさつ》、床《ゆか》におろして、順番《じゅんばん》を変《か》えないようにしながら題名《だいめい》を見《み》ていくうちに、エリンは、わくわくしてきた。物語《ものがたり》らしきもの、蜂《はち》について書《か》かれているもの、様々《さまざま》な国《くに》について書《か》かれた書物《しょもつ》……まるで、宝物《たからもの》の山《やま》を目《め》の前《まえ》に広《ひろ》げられたようだった。

——『獣《けもの》の奏者《そうじゃ》①　闘蛇編《とうだへん》　上《じょう》』（青《あお》い鳥文庫《とりぶんこ》）

少女時代《しょうじょじだい》のエリンは、自分《じぶん》の命《いのち》を救《すく》ってくれた恩人《おんじん》でもある蜂飼《はちか》いのジョウンのもとで、学《まな》ぶことの喜《よろこ》びに目《め》を開《ひら》かれていきます。

おさないころから、私《わたし》も、いつも不思議《ふしぎ》でした。

なぜ、知《し》りたいと思《おも》うのか。なぜ自分《じぶん》が、時《とき》の流《なが》れや、宇宙《うちゅう》の果《は》てしなさや、答《こた》えがすぐには出《で》ないことを考《かんが》えつづけずにはいられないのか。

この世界《せかい》には、未知《みち》のこと、わからないことがたくさんあって、どうしてそうなっているのかを、もっと知《し》りたいと思《おも》う。どこからわいてくるのかもわからないこの気持《きも》ちは、たぶん、理屈《りくつ》ではないのでしょう。

その道《みち》を究《きわ》めたら、どんな答《こた》えが待《ま》っているかもわからないまま、ただ、目《め》の前《まえ》の問《と》いと一心《いっしん》に向《む》きあい、学《まな》ぼうとする人間《にんげん》がいる。

私《わたし》は、いまでもそういう人《ひと》になぜか強《つよ》く惹《ひ》きつけられてしまいます。

iPS細胞《アイピーエスさいぼう》を開発《かいはつ》してノーベル生理学《せいりがく》・医学賞《いがくしょう》を受賞《じゅしょう》した山中伸弥《やまなかしんや》さんが、テレビのインタビューの中《なか》で、こんなふうなことをおっしゃっていました。「実験《じっけん》をくり返《かえ》しながら、みんながページをめくっていて、さいごにページをめくったときに『あった！』と言《い》ったのが自分《じぶん》だった、それだけのことです。」と、先人《せんじん》の功績《こうせき》をたたえたのです。ああ、すばらしい言葉《ことば》だな、と思《おも》いました。

その分野《ぶんや》の歴史《れきし》を変《か》えるような大発見《だいはっけん》は、それまで積《つ》みあげてきたものがあってはじめて起《お》こるもの。ぽたぽたとしずくが落《お》ちて、やがてコップがいっぱいになり、さいごの一滴《てき》であふれだすみたいに、物事《ものごと》が変《か》わるのはつねにさいごのさいごの瞬間《しゅんかん》が来《き》たときなのです。

子《こ》どものころ、学者《がくしゃ》や研究者《けんきゅうしゃ》にあこがれたのは、そのせいかもしれません。

自分《じぶん》ひとりの努力《どりょく》では、一生《いっしょう》のあいだになしえることは限《かぎ》られているけれど、学《まな》ぶことでその道《みち》を究《きわ》めようとした人《ひと》たちは、そうやってバトンを、次《つぎ》の世代《せだい》、また次《つぎ》の世代《せだい》へとつないでいくことができる。

人《ひと》は、生《う》まれて、生《い》きて、やがて死《し》んでいきます。

どんな人《ひと》も、一回性《いっかいせい》の命《いのち》を生《い》きている。そのなかで、いったい、自分《じぶん》は何《なに》をなしえるのだろう。

体《からだ》が弱《よわ》く生《う》まれたからこそよけいに、私《わたし》はそのことをずっと考《かんが》えつづけてきました。

有限《ゆうげん》の命《いのち》を生《い》きるしかない人間《にんげん》が、それでもなにかを知《し》りたいと思《おも》い、それまでだれも解《と》くことができなかったことにいどんで、それによって、この世界《せかい》のなにかが確実《かくじつ》に変《か》わることがある。変《か》わったからとて、いずれは地球《ちきゅう》も砂《すな》になりますから、じつは意味《いみ》のないことなのかもしれませんが、少《すく》なくとも、生《い》きているあいだ、人《ひと》の幸《しあわ》せとなるなにかを生《う》みだせるなら、それはそれで、意味《いみ》があるのではないか。

自分《じぶん》も、そんなふうになにかをなしえる人《ひと》になりたいと願《ねが》った。

学《まな》ぶことを志《こころざ》した先人《せんじん》たちがそうしてきたように、なにかが少《すこ》しでも変《か》わることを夢《ゆめ》見《み》ながら、自分《じぶん》のページをめくっていかざるをえない気持《きも》ちを、おさないころからたしかにかかえていた気《き》がするのです。

おばあちゃんがくれたもの

あれは、たぶん幼稚園《ようちえん》のころだったと思《おも》います。

白昼《はくちゅう》のしらじらとした道《みち》を、おばあちゃんと歩《ある》いていました。

「おばあちゃん、私《わたし》、死《し》ぬのがこわい。」

なんの前置《まえお》きもなく、そう言《い》った私《わたし》に、おばあちゃんは言《い》いました。

「大丈夫《だいじょうぶ》、大丈夫《だいじょうぶ》。死《し》んでも、必《かなら》ず生《う》まれ変《か》わるから。」

おばあちゃんにそう言《い》われると、そうか、大丈夫《だいじょうぶ》なんだ、死《し》んでも、また、おかあさんの子《こ》どもになって、生《う》まれてくればいいんだ。おさなかった私《わたし》は、そう思《おも》うことで、とつぜんおそってきた死《し》の恐怖《きょうふ》から救《すく》われたのでした。死《し》の恐怖《きょうふ》は、小《ちい》さなころからいつも身《み》近《ぢか》にあって、おばあちゃんには、そうやって何度《なんど》も助《たす》けてもらいました。

「守《も》り人《びと》」シリーズが完結《かんけつ》したあと、いくつかのスピンオフ作品《さくひん》を書《か》きおろしたなかに、こんなくだりがあります。

人《ひと》は大人《おとな》になっていく道《みち》の途中《とちゅう》で、幼《おさな》い頃《ころ》に大人《おとな》から慰《なぐさ》められた言葉《ことば》では、死《し》の
恐怖《きょうふ》も生《せい》の根《ね》にある空《むな》しさも消《き》えないことを悟《さと》る。多分《たぶん》、死《し》を迎《むか》えるその瞬間《しゅんかん》も、
自分《じぶん》は恐《おそ》れを胸《むね》に抱《いだ》きながら、二度《にど》と帰《かえ》れぬその門《もん》をくぐるのだろう。
冬《ふゆ》は必《かなら》ず訪《おとず》れる。……それでも、春《はる》は暖《あたた》かい。それでも、春《はる》はいとおしい。
——『「守《も》り人《びと》」のすべて』所収《しょしゅう》 書《か》き下《お》ろし短編《たんぺん》『春《はる》の光《ひかり》』（偕成社《かいせいしゃ》）

たくさんのお話《はなし》を聞《き》かせてくれたおばあちゃんは、私《わたし》が八歳《さい》のときになくなりました。
おばあちゃんの人生《じんせい》について、いまでも、わすれられない話《はなし》があります。
私《わたし》の父《ちち》は、おばあちゃんの十番目《ばんめ》の子《こ》どもでした。むかしのことだから、戦争《せんそう》もあった
し、栄養事情《えいようじじょう》も悪《わる》かったのでしょう。おばあちゃんは、それまでに子《こ》どもを何人《なんにん》もなくし
ていたのです。
「家事《かじ》をしていて、ふっと、着物《きもの》の裾《すそ》に子《こ》どもがまとわりついているような気《き》がして、裾《すそ》
を見《み》るけど、だれもおらん。そんなことが何度《なんど》もあった。」

おさなかったあのころの私《わたし》に、子《こ》どもをなくした女《おんな》の人《ひと》の気持《きも》ちがわかるはずがないと思《おも》うのに、なぜでしょうね、その話《はなし》を聞《き》いたときの気持《きも》ちは、ずっと心《こころ》の底《そこ》に残《のこ》っているのです。

のちに『夢《ゆめ》の守《も》り人《びと》』で呪術師《じゅじゅつし》のトロガイが、かつて子《こ》どもをなくしたことがあるというエピソードを書《か》いたとき、悲《かな》しみのあまり、山《やま》にかけこんでいく姿《すがた》がリアルに思《おも》いうかんだのは、あのとき、おばあちゃんから聞《き》いた話《はなし》をふっと思《おも》いだしたからでした。

トロガイは言《い》います。

わしも十五でひとり目《め》を産《う》んで、つぎつぎに三人《にん》産《う》んだ。でもね、みんな、ほんとうにあっけなく死《し》んでしまったよ。夫《おっと》は、たいしてかなしみもしなかった。そういうもんさ、という顔《かお》をしてたよ。また、いくらでも子《こ》はできると思《おも》っていたんだろう。

だが、わしは、そんなふうには思《おも》えなかった。子《こ》どもを亡《な》くしてしばらくは、その子《こ》の笑《わら》い声《ごえ》が聞《き》こえるような気《き》がしたり、足《あし》もとにまとわりつく気配《けはい》を感《かん》じたりしたもんだ。

そのころから、わしはすこしずつおかしくなっていたんだろうよ。ほかの女《おんな》たちが乗《の》りこえていった哀《かな》しみを、わしはこえられなかった。むかしから心《こころ》にいだいていた、埋《うず》み火《び》のようなあの思《おも》いが、ちらちら光《ひか》る大《おお》きな炎《ほのお》に育《そだ》っていたのかもしれない。

最後《さいご》の子《こ》どもを亡《な》くしてから、わしは、山《やま》に呼《よ》ばれるようになってしまったのさ。

——『夢《ゆめ》の守《も》り人《びと》』（偕成社《かいせいしゃ》）

そんなふうに、八歳《さい》になるまでに、おばあちゃんからあたえてもらっていたものが、大人《おとな》になって自分《じぶん》が書《か》き手《て》になってから、ふっと浮《う》かんでくることがあります。作家《さっか》で、同《おな》じようなことを経験《けいけん》している人《ひと》は、おそらく、たくさんいるんじゃないでしょうか。自分自身《じぶんじしん》が体験《たいけん》したことじゃなくても、心《こころ》のやわらかい時期《じき》にきざまれた感覚《かんかく》を、人《ひと》は大人《おとな》になっても色《いろ》あせることなく持《も》ちつづけているのだと思《おも》います。そうして書《か》き手《て》として、まさにそれが必要《ひつよう》になったときに、記憶《きおく》の底《そこ》から細《ほそ》い糸《いと》をたぐるようにしてよみがえってきて、それがいきなり生《い》きるのです。

そういうことがなかったら、どんな物語《ものがたり》もふくらみのない、かたちばかりのものになってしまう気《き》がします。それを思《おも》うと、おばあちゃんがあたえてくれたものは、本当《ほんとう》に大《おお》きかったと思《おも》います。

それで思《おも》いだすのが民俗学者《みんぞくがくしゃ》の宮本常一《みやもとつねいち》さんの『忘《わす》れられた日本人《にほんじん》』という本《ほん》です。私《わたし》はこの本《ほん》が大好《だいす》きなのですが、この中《なか》に『私《わたし》の祖父《そふ》』という短《みじか》い随筆《ずいひつ》があって、そこに出《で》てくる祖父《そふ》の市五郎《いちごろう》さんが、私《わたし》のおばあちゃんにそっくりなんです。

あるとき、市五郎《いちごろう》さんは神社《じんじゃ》の拝殿《はいでん》の下《した》で鳴《な》いていた黒《くろ》い小犬《こいぬ》を見《み》つけて、クロと名《な》づけて育《そだ》てることにします。ところが近所《きんじょ》の子《こ》どもがいじめてこまる。それでクロを村《むら》のはずれまで連《つ》れていって「そだててやりたいが、みんながいじめるからかわいそうでならぬ。このさきには親切《しんせつ》にしてくれる家《いえ》もあろうから、これからさきへいって見《み》い。」とさとし、後《うし》ろ髪《がみ》をひかれる思《おも》いで帰《かえ》ってきます。

それから何年《なんねん》も経《た》って、道《みち》に迷《まよ》った市五郎《いちごろう》さんが、こまりはててうずくまって休《やす》んでいると、どこからともなく一匹《ぴき》の黒犬《くろいぬ》があらわれて、村《むら》の灯《あか》りが見《み》えるところまで導《みちび》いてくれたというのです。

「どんなものにも魂《たましい》はあるのだから大事《だいじ》にしなければならぬ。」というのが市五郎《いちごろう》さんの信条《しんじょう》でした。そして、それは孫《まご》の宮本常一《みやもとつねいち》さんの少年時代《しょうねんじだい》のエピソードにもあらわれていました。

山《やま》の田《た》のそばの井戸《いど》に一匹《ぴき》のちっちゃな亀《かめ》がいて、常一少年《つねいちしょうねん》は、そこに行《い》くとその亀《かめ》を見《み》るのを楽《たの》しみにしていました。

あるとき「こんなにせまいところにいつまでもとじこめられているのはかわいそうだ。」と思《おも》って、おじいちゃんにたのんで亀《かめ》を井戸《いど》からあげてもらって、家《いえ》に持《も》って帰《かえ》って飼《か》うことにしたのです。

喜《よろこ》びいさんで帰《かえ》りかけたのですが、歩《ある》いているうちに「見《み》しらぬところへつれていったらどんなにさびしいだろう。」と思《おも》って、だんだん亀《かめ》が気《き》の毒《どく》に思《おも》えてきました。とうとうたえきれずに「亀《かめ》がかわいそうだ。」と大声《おおごえ》で泣《な》きだしてしまいます。

結局《けっきょく》、祖父《そふ》の市五郎《いちごろう》さんにたのんで、亀《かめ》をもとの井戸《いど》にもどしてもらうのですが、そのときに市五郎《いちごろう》さんが、こう言《い》うのです。

「亀《かめ》には亀《かめ》の世間《せけん》があるのだから、やっぱりここにおくのがよかろう。」

この言葉《ことば》だけでもう、私《わたし》は、涙《なみだ》が出《で》そうになります。

こんなところにいたら、亀《かめ》はつらいだろう。最初《さいしょ》はよかれと思《おも》ってそうしたはずの少年《しょうねん》も、連《つ》れ帰《かえ》る道《みち》のとちゅうで、今度《こんど》は亀《かめ》の気持《きも》ちになってしまったのでしょう。

せまい井戸《いど》でも、ちっちゃな亀《かめ》にしたら、住《す》めば都《みやこ》と思《おも》っていたかもしれない。生《う》まれ育《そだ》った場所《ばしょ》を自分《じぶん》の意思《いし》でなく捨《す》てて遠《とお》くに連《つ》れさられるのだとしたら、自分《じぶん》の判断《はんだん》はこれでよかったのだろうか。

どんなものにも、魂《たましい》はあるのだから——。

亀《かめ》には亀《かめ》の世間《せけん》がある、というのはそういうことです。

物言《ものい》わぬ生《い》き物《もの》も、人間《にんげん》も、同《おな》じように思《おも》う、市五郎《いちごろう》さんのまなざしは、私《わたし》にとって身《み》に覚《おぼ》えがあるものでした。

子《こ》どものころ、私《わたし》は、道《みち》ばたにある石《いし》ころをけとばすことができなくて、石《いし》ころがあると道《みち》の脇《わき》にわざわざ置《お》きにいったりしていました。

なぜそんなことをしていたかといえば、一瞬《いっしゅん》だけふっと「石《いし》ころの目《め》」になって「けられたら嫌《いや》だな。」と思《おも》ってしまうからです。

その気分《きぶん》は、大人《おとな》になったいまも残《のこ》っているようです。ついこのあいだも、ベランダにちっちゃいカナブンがいて、それをもっとちっちゃいクモが持《も》ちあげようとしていました。ところが見《み》ていたら、死《し》んでるとばかり思《おも》ったカナブンがちょっと動《うご》いたのです。

さあ、こまったことになりました。

カナブンを助《たす》けるべきか。

それとも一生《いっしょう》けんめいここまで持《も》ちあげて運《はこ》んできたクモの努力《どりょく》を買《か》うべきか。

いやいや、私《わたし》は傍観者《ぼうかんしゃ》なんだから手《て》を出《だ》すべきじゃないと思《おも》いつつ、カナブンが動《うご》いて「あ。生《い》きてる。」と思《おも》った瞬間《しゅんかん》に、あとちょっとだけ、この子《こ》に時間《じかん》をあげたくなってしまったのです。

それでカナブンをそっと動《うご》かしたら、クモは腹立《はらだ》たしげにどこかに行《い》ってしまいました。

しばらくして見《み》ると、カナブンももう動《うご》かなくなっていたから、私《わたし》のやったことはよけいなことだったのかもしれません。

そのときの気分《きぶん》は、「カナブン、かわいそう。」じゃないんですね。やっぱり自分《じぶん》が「カナブンの目《め》」になって、自分《じぶん》の死《し》を見《み》ている。自分《じぶん》の生《い》きていることを見《み》ているのです。

それが石《いし》ころであれ、カナブンであれ「その目《め》は何《なに》を見《み》ているのだろう。」と、つい考《かんが》えてしまう。そうするとむこう側《がわ》とこちら側《がわ》の視点《してん》が一瞬《いっしゅん》ふっと入《い》れかわる瞬間《しゅんかん》があるのです。

いわゆる「アニミズム」に近《ちか》い感覚《かんかく》なのでしょうが、そういう言葉《ことば》は、あとになって知《し》りました。

その言葉《ことば》を知《し》るまえから、生物《せいぶつ》であれ、無生物《むせいぶつ》であれ、すべてのものに命《いのち》があるように感《かん》じて、石《いし》ころを見《み》ても「けられたら痛《いた》かろうな。」と思《おも》ってしまう。私《わたし》が物語《ものがたり》にあんなにも入《はい》りこんでしまうのも、根《ね》っこのところに、この感覚《かんかく》があるからだと思《おも》います。

宮本常一《みやもとつねいち》さんの『私《わたし》の祖父《そふ》』は、こんな言葉《ことば》で結《むす》ばれています。

「世間話《せけんばなし》はあまり持《も》たぬ人《ひと》だったが、その生涯《しょうがい》がそのまま民話《みんわ》といっていいような人《ひと》であった。」

私《わたし》のおばあちゃんも、まさにそういう人《ひと》でした。

おばあちゃんと庭《にわ》で一匹《ぴき》の大《おお》きなカエルを見《み》ている——私《わたし》の記憶《きおく》のはじまりの一シーンは、物言《ものい》わぬ生《い》き物《もの》も、人間《にんげん》も、もっと言《い》うならそこに存在《そんざい》するすべてのものは、同《おな》じひとつひとつの命《いのち》、ひとつひとつの魂《たましい》だと感《かん》じていた私《わたし》の原風景《げんふうけい》なのでしょう。

そして私《わたし》は、そこにいるあらゆるものの目《め》になって、その風景《ふうけい》を見《み》ている。

ひょっとしたら、おばあちゃんが私《わたし》にくれたいちばんの宝物《たからもの》は、その風景《ふうけい》の中《なか》でカエルになり、風《かぜ》になり、光《ひかり》になり、鈴《すず》の音《ね》にもなる、このまなざし、この感覚《かんかく》ではないかと思《おも》うのです。

第《だい》二章《しょう》　遠《とお》きものへのあこがれ

永遠《えいえん》と刹那《せつな》

子《こ》どものころ、私《わたし》は、毎年夏休《まいとしなつやす》みを長野県《ながのけん》の野尻湖《のじりこ》ですごしていました。母方《ははかた》の祖母《そぼ》の家《いえ》がある、私《わたし》にとって第《だい》二の故郷《ふるさと》みたいなところで、夏《なつ》が来《く》ると、いとこたちとアーサー・ランサムの『ツバメ号《ごう》とアマゾン号《ごう》』みたいな「田舎《いなか》の正《ただ》しい夏休《なつやす》み」を思《おも》うぞんぶん楽《たの》しんでいました。

父方《ちちかた》の祖母《そぼ》と東京《とうきょう》の下町《したまち》、根岸《ねぎし》ですごした特別《とくべつ》な時間《じかん》を私《わたし》の子《こ》ども時代《じだい》の第《だい》一章《しょう》とするならば、第《だい》二章《しょう》はまちがいなく、この野尻湖《のじりこ》ですごした夏《なつ》の日々《ひび》です。

思《おも》いだすのは、まぶしい太陽《たいよう》の光《ひかり》だけではありません。都会《とかい》にはない、まっ暗《くら》な闇《やみ》が、そこにはありました。自分《じぶん》の手《て》さえ見《み》えなくなってしまうほどの深《ふか》い闇《やみ》を、私《わたし》は、そこではじめて知《し》ったのです。

そしてもうひとつ、この場所《ばしょ》が教《おし》えてくれたもの、それは、はるかな時《とき》の流《なが》れでした。

たくさん遊《あそ》んでくれたいとこたちと。
右手前《みぎてまえ》の「シェー」をしているのが私《わたし》です。

野尻湖《のじりこ》はナウマンゾウの化石《かせき》が出土《しゅつど》したことでよく知《し》られています。たけのこ掘《ほ》りかなにかで山《やま》に行《い》ったときに、伯父《おじ》が、化石《かせき》を拾《ひろ》って見《み》せてくれたことがありました。

それは、くっきりと葉《は》っぱのかたちが残《のこ》っている化石《かせき》で、そのあとに見《み》つけた縄文土器《じょうもんどき》の破片《はへん》にも、縄《なわ》のあとがハッキリ残《のこ》っていたのです。

何千年《なんぜんねん》もまえに生《い》きて死《し》んだ人間《にんげん》がつけた縄《なわ》のあとに、いま自分《じぶん》の指《ゆび》の先《さき》がふれている、そう思《おも》った瞬間《しゅんかん》、私《わたし》は、はるか遠《とお》いむかしからいまにいたる広大《こうだい》な時《とき》の流《なが》れをはじめて実感《じっかん》したような気持《きも》ちがしました。

それは、私《わたし》にとって魂《たましい》をゆさぶられるような、大《おお》きな、わすれがたい衝撃《しょうげき》でした。

小学生《しょうがくせい》のころ、私《わたし》は学研《がっけん》の『科学《かがく》』と『学習《がくしゅう》』という雑誌《ざっし》が大好《だいす》きで、それを読《よ》んでいるうちに「時《とき》」というものについて考《かんが》えたことがありました。

時《とき》の流《なが》れは、いつはじまって、いつ終《お》わるのだろう。

そして、宇宙《うちゅう》には果《は》てがあるのだろうか。

果《は》てがあるとしたら、そのむこう側《がわ》はいったいどうなっているのだろう。もしそこが本当《ほんとう》に「果《は》て」なら、そのむこう側《がわ》は「なにもない」はずです。「なにもない」って、いったい、どういうことなんだろう。

それを考《かんが》えると、眠《ねむ》れなくなるくらいこわかったし、果《は》てしない闇《やみ》の中《なか》に放《ほう》りだされたようで、いまでも、背筋《せすじ》がぞくぞくするくらい、こわくなります。

永遠《えいえん》と刹那《せつな》。私《わたし》がえがく物語《ものがたり》にも、必《かなら》ずそのふたつの時間軸《じかんじく》があります。おさないころから、私《わたし》には、私自身《わたしじしん》にはわかりえない巨大《きょだい》な世界《せかい》が外側《そとがわ》にあって、自分《じぶん》はその一部《いちぶ》として生《う》まれてしまったという気持《きも》ちがありました。

人《ひと》の命《いのち》ははかない。そして、私《わたし》が死《し》んだあとも変《か》わらずに続《つづ》いていく世界《せかい》がある。私《わたし》が、人《ひと》の営《いとな》みと同時《どうじ》に、大《おお》きな時《とき》の流《なが》れをえがかずにいられないのは、そのせいかもしれません。

ライオンが鹿《しか》をおそう映像《えいぞう》を見《み》たことがあります。ライオンの牙《きば》が鹿《しか》の首《くび》に食《く》いこんだ瞬間《しゅんかん》、鹿《しか》は、なにかをあきらめたかのように動《うご》きを止《と》めて、どさりとくずれ落《お》ちました。

やがて死《し》の瞬間《しゅんかん》が来《き》たら、自分《じぶん》も、死《し》がどういうものかもわからないまま死《し》んでいって、巨大《きょだい》な海《うみ》のひと粒《つぶ》になって終《お》わるのだろう。
それがあるから、どんなに物事《ものごと》を理詰《りづ》めで考《かんが》えても、そのむこう側《がわ》に、語《かた》りえぬ大《おお》きな沈黙《ちんもく》が横《よこ》たわっているという気《き》が、どうしても、してしまうのです。

そこから歴史《れきし》や考古学《こうこがく》に興味《きょうみ》を持《も》つようになって、小学校五年生《しょうがっこうねんせい》のときには、夏休《なつやす》みの自由研究《じゆうけんきゅう》で、「オオツノジカの角《つの》とナウマンゾウの牙《きば》がなぜいっしょに発見《はっけん》されたのか。」ということを調《しら》べて書《か》きました。

一九七三年《ねん》、野尻湖《のじりこ》の第《だい》五次発掘調査《じはっくつちょうさ》で、オオツノジカの掌状角《しょうじょうかく》とナウマンゾウの牙《きば》が寄《よ》りそうようなかたちで発見《はっけん》されて、その形《かたち》から「月《つき》と星《ほし》。」という愛称《あいしょう》で呼《よ》ばれるようになりました。しかもオオツノジカの角《つの》には石器《せっき》で切《き》ったような切《き》り口《くち》が見《み》られたことから、野尻湖人《のじりこじん》が存在《そんざい》したのではないかと言《い》われています。

野尻湖人《のじりこじん》の人骨《じんこつ》はいまも発見《はっけん》されていませんが、当時《とうじ》、すでに石器《せっき》は出土《しゅつど》していました。

しかも祖母《そぼ》の家《いえ》のすぐ裏《うら》で見《み》つかったことがあって、大学《だいがく》で考古学《こうこがく》の研究《けんきゅう》をしている人《ひと》たちが祖母《そぼ》の家《いえ》にたずねてきたことがありました。だれか来《き》たというので、私《わたし》が出《で》ていったら、本物《ほんもの》の調査隊《ちょうさたい》の人《ひと》たちがそこにいたというわけです。

「……もしかして発掘許可《はっくつきょか》ですか？」

自分《じぶん》がそんな専門用語《せんもんようご》を使《つか》って考古学者《こうこがくしゃ》と会話《かいわ》しているというだけで、うれしくて、つい顔《かお》がほころんでしまいました。それで、つい夢見心地《ゆめみごこち》になって、ぽーっとしていたのがいけなかったのか。見送《みおく》るつもりが、板《いた》の間《ま》で、すってんころりん、尾骶骨《びていこつ》をしたたかに打《う》ってしまって、これがもう、目《め》から火《ひ》が出《で》るくらい痛《いた》かった！

「おだつんじゃない。」

もし父《ちち》が、その場《ば》にいたら、きっとそう言《い》われていたにちがいありません。

洞窟《どうくつ》に眠《ねむ》るもの

毎夏《まいなつ》、野尻湖《のじりこ》で過《す》ごしていた私《わたし》にとって、考古学《こうこがく》は、あこがれであると同時《どうじ》に身近《みぢか》な学問《がくもん》でした。

岩波《いわなみ》の少年文庫《しょうねんぶんこ》に入《はい》っている『埋《うず》もれた世界《せかい》』や、シュリーマンの『古代《こだい》への情熱《じょうねつ》』、相沢忠洋《あいざわただひろ》さんの『「岩宿《いわじゅく》」の発見《はっけん》』を読《よ》んだのも、このころでした。

『埋《うず》もれた世界《せかい》』を読《よ》んで、ポンペイの遺跡《いせき》について知《し》ったときは、ひとつの街《まち》が火山《かざん》の噴火《ふんか》によって消《き》えてしまったことを、とてつもなくおそろしく思《おも》いながらも、ありし日《ひ》の姿《すがた》のままうずもれていたポンペイを発見《はっけん》したときは、どんなに興奮《こうふん》しただろうと、考古学《こうこがく》者《しゃ》へのあこがれをかきたてられました。

シュリーマンは、伝説《でんせつ》の都《みやこ》トロイヤが実在《じつざい》することをつきとめましたが、そのきっかけは、子《こ》どものころに読《よ》んだホメーロスの叙事詩《じょじし》を、物語《ものがたり》ではなく、本当《ほんとう》にあったことだと信《しん》じこんでしまったからでした。

『「岩宿《いわじゅく》」の発見《はっけん》』の相沢《あいざわ》さんは、納豆《なっとう》やお豆腐《とうふ》の行商《ぎょうしょう》をしていた人《ひと》で、専業《せんぎょう》の考古学者《こうこがくしゃ》ではなかったので、最初《さいしょ》は学界《がっかい》でまったく相手《あいて》にされませんでした。それでも子《こ》どものころ、土器《どき》のかけらにさわったときに芽生《めば》えた考古学《こうこがく》へのあこがれをずっと持《も》ちつづけて、ついに日本《にっぽん》にも旧石器時代《きゅうせっきじだい》があったことを実証《じっしょう》するのです。

キュリー夫人《ふじん》もそうですが、人《ひと》から笑《わら》われても、こつこつと自分《じぶん》の道《みち》を究《きわ》めようとする人《ひと》に、私《わたし》は、どうも弱《よわ》いのです。

小学校高学年《しょうがっこうこうがくねん》のころ、神奈川県《かながわけん》に引《ひ》っこしたのですが、近所《きんじょ》に第二次世界大戦《だいにじせかいたいせん》のときの防空壕《ぼうくうごう》があって、石灰質《せっかいしつ》の岩壁《がんぺき》を掘《ほ》ると化石《かせき》が出《で》ると言《い》われていました。『「岩宿《いわじゅく》」の発見《はっけん》』を読《よ》んで、すっかり考古学熱《こうこがくねつ》に浮《う》かされていた私《わたし》は、さっそく、その防空壕《ぼうくうごう》に行《い》くことにしたのです。

その気《き》になりやすいもので、まずはかたちから入《はい》りました。発掘用《はっくつよう》のハンマーとタガネがほしかったけれど、ないので、代《か》わりに父親《ちちおや》からもらった五寸釘《ごすんくぎ》を持《も》って、ニッカボッカーのつもりの長《なが》い靴下《くつした》をはくと、気分《きぶん》はもう、あこがれの考古学者《こうこがくしゃ》です。友達《ともだち》をさそって、いさんで出《で》かけていきました。

防空壕《ぼうくうごう》といっても、大人《おとな》が余裕《よゆう》で立《た》つことができるくらいの高《たか》さがあり、奥《おく》もかなり深《ふか》そうな感《かん》じでした。以前《いぜん》、教育委員会《きょういくいいんかい》の人《ひと》たちが調査《ちょうさ》に入《はい》ったら、壁《かべ》にお地蔵様《じぞうさま》がほってあったという話《はなし》も聞《き》いたことがありました。

入《い》り口《ぐち》に立《た》つとひんやりして、目《め》をこらしてもまっ暗《くら》でなにも見《み》えません。奥《おく》のほうには泉《いずみ》があるといううわさもありましたが、たしかめるのはむずかしそうです。大人《おとな》にとってはたいしたことないのかもしれませんが、小学生《しょうがくせい》の私《わたし》にとって、そこは、巨大《きょだい》な洞窟《どうくつ》そのものでした。

それでもしばらく掘《ほ》っていると、貝殻《かいがら》の化石《かせき》が出《で》てきたりして、そうなるとこわさなんてわすれちゃうんですね。「貝殻《かいがら》の化石《かせき》が出《で》てきたということは、はるかむかし、ここは海《うみ》だったのか。」なんて、考古学者《こうこがくしゃ》（古生物学者《こせいぶつがくしゃ》？）ごっこにも、いよいよ熱《ねつ》が入《はい》ってきます。

黙々《もくもく》と掘《ほ》っていると、たまに虫《むし》の化石《かせき》みたいなのが出《で》てくることもあって、ますますのめりこんでしまいました。最初《さいしょ》のうちはつきあってくれた友達《ともだち》も、ひとりふたりと減《へ》っていき、しまいにはひとりで出《で》かけていくようになりました。

ある日《ひ》、いつものように入《い》り口《ぐち》のそばで掘《ほ》っていたときのことです。洞窟《どうくつ》の奥《おく》からコツーン、コツーンと音《おと》が聞《き》こえてきたのです。最初《さいしょ》は自分《じぶん》が掘《ほ》る音《おと》が反響《はんきょう》してるのかと思《おも》っていたのですが、手《て》を止《と》めても、コツーン、コツーンと音《おと》がする。

だれかが杖《つえ》をついて、こっちに歩《ある》いてくる……！

洞窟《どうくつ》の奥《おく》に人《ひと》がいるはずがない、そう思《おも》うのに、私《わたし》の頭《あたま》には、足《あし》をちょっと引《ひ》きずりながら歩《ある》いてくる背《せ》の高《たか》いおじいさんの姿《すがた》が一瞬《いっしゅん》にして浮《う》かんで、一目散《いちもくさん》に逃《に》げだしました。

昼間《ひるま》で、まだあたりは明《あか》るかったけれど、いまにも後《うし》ろから追《お》いかけてきそうで、ものすごくこわかった。あまりのこわさに、ふりかえることさえできませんでした。

そんな人《ひと》、いないんですよ。いないんだけど、いるような気《き》がして、いまだにそのおじいさんの姿《すがた》をありありと思《おも》いうかべることができます。想像力《そうぞうりょく》がたくましすぎるというのも、こまったものです。

私《わたし》が書《か》く物語《ものがたり》には、洞窟《どうくつ》がよく出《で》てきますが、そんなこわい思《おも》いをしたくせに、私《わたし》はどうも、洞窟《どうくつ》が好《す》きなのです。

たとえば『精霊《せいれい》の守《も》り人《びと》』には、〈狩穴《かりあな》〉と呼《よ》ばれる洞穴《ほらあな》が出《で》てきます。入《い》り口《ぐち》こそ、人《ひと》がちょうどひとり通《とお》れるほどの小《ちい》ささですが、奥《おく》は宮《みや》の大広間《おおひろま》ほどもあって、バルサは、ここに冬《ふゆ》のあいだ、チャグムをかくまうことにします。ちょっとしたシェルターですね。

あるいは『闇《やみ》の守《も》り人《びと》』はバルサの故郷《こきょう》、カンバルの洞窟《どうくつ》が舞台《ぶたい》になっています。

それでも、カンバルの子《こ》で、ちょっとでも洞窟《どうくつ》にはいったことのない子《こ》は、いないだろう。カンバルの洞窟《どうくつ》は、奥《おく》にはいるにつれて、すこしずつ地層《ちそう》がかわる。最《さい》初《しょ》は石灰質《せっかいしつ》の灰色《はいいろ》の岩壁《がんぺき》だが、すこし奥《おく》にはいると、つるつるの白磨石《はくませき》の岩壁《がんぺき》にかわるのだ。そして、ずっとずっと奥《おく》になると緑白石《りょくはくせき》の岩壁《がんぺき》になり、山《やま》のもっとも深《ふか》い底《そこ》、〈山《やま》の王《おう》〉の宮殿《きゅうでん》は、みずから青《あお》く光《ひか》る、この世《よ》でもっとも美《うつく》しい宝石《ほうせき》、ルイシャ〈青光石《せいこうせき》〉でできているといわれていた。

——『闇《やみ》の守《も》り人《びと》』（偕成社《かいせいしゃ》）

そこは〈山《やま》の王《おう》〉が支配《しはい》する闇《やみ》の王国《おうこく》であり、バルサにとっては、かつてジグロとともに命《いのち》がけでのがれてきた故郷《こきょう》へもどる道《みち》でもあるのです。洞窟《どうくつ》の深《ふか》い闇《やみ》は、バルサが対決《たいけつ》しなければならない過去《かこ》そのものであり、その奥《おく》になにをはらんでいるのか、いっそう秘《ひ》密《みっ》めいて見《み》えます。

地《ち》の底《そこ》で、精霊《せいれい》となった死《し》者《しゃ》と槍舞《やりまい》を舞《ま》うシーンは、ジグロの死《し》とふたたび向《む》きあったバルサの心情《しんじょう》を映《うつ》しだす、この物語《ものがたり》のハイライトです。つまり、カンバルの洞窟《どうくつ》は、過去《かこ》と現在《げんざい》、生《せい》と死《し》のあわいに横《よこ》たわっているのです。

まだいくらでも例《れい》をあげることができそうですが、そんなふうに私《わたし》が書《か》く物語《ものがたり》で、洞窟《どうくつ》はなにかしら重要《じゅうよう》な役割《やくわり》をになっていることが多《おお》いようです。

『月《つき》の森《もり》に、カミよ眠《ねむ》れ』は、九州《きゅうしゅう》の祖《そ》母《ぼ》山《さん》に伝《つた》わる「あかぎれ多《た》弥《や》太《た》」伝説《でんせつ》に心《こころ》を惹《ひ》かれて思《おも》いついた物語《ものがたり》だったのですが、その伝説《でんせつ》でも洞窟《どうくつ》が大《おお》きな意味《いみ》を持《も》ちます。

夜《よ》な夜《よ》なたずねてくる愛《いと》しい人《ひと》が、実《じつ》は人《ひと》ではないのではないか、と気《き》づいた女性《じょせい》が、彼《かれ》の襟元《えりもと》にぬいつけた糸《いと》をたどっていくのですが、糸《いと》はある岩穴《いわあな》に続《つづ》いており、彼女《かのじょ》は、その深《ふか》い闇《やみ》の中《なか》で、本来《ほんらい》の姿《すがた》――大蛇《だいじゃ》――にもどっていた恋人《こいびと》と出会《であ》うのです。

物語《ものがたり》を書《か》きはじめるまえに、私《わたし》は実際《じっさい》に祖母山《そぼさん》をおとずれてみました。

タクシーの運転手《うんてんしゅ》さんに連《つ》れていってもらったその岩穴《いわあな》は、まるで大地《だいち》がそっと唇《くちびる》を開《ひら》いたような形《かたち》をしており、数歩中《すうほなか》に足《あし》をふみいれただけで、しめった闇《やみ》に包《つつ》まれてしまいました。

底《そこ》のほうには川《かわ》が流《なが》れているらしく、水音《みずおと》がこもってひびいてきます。ひんやりとした闇《やみ》の中《なか》で、腹《はら》の底《そこ》からこみあげてくるような圧倒的《あっとうてき》なおそれにつかまれて、私《わたし》はそれ以《い》上《じょう》、奥《おく》へ入《はい》って行《い》くことができませんでした。

あの深《ふか》い闇《やみ》のむこう側《がわ》には、なにがあるのだろう。

地《ち》の底《そこ》にぽっかりとあいている岩穴《いわあな》は、いまここと異世界《いせかい》をつなぐ扉《とびら》にも似《に》て、容易《ようい》にふみこむことがかなわないだけに、想像力《そうぞうりょく》を限《かぎ》りなくかきたててくれるのです。

境界線《きょうかいせん》の上《うえ》に立《た》つ人《ひと》

ジャングルの王者《おうじゃ》ターザンといえば、ワイズミュラーの映画《えいが》があまりにも有名《ゆうめい》です。おそらくみなさんにも、あの「アッアア〜。」とおたけびをあげてあらわれる筋肉質《きんにくしつ》のヒーローのイメージがあると思《おも》うのですが、原作《げんさく》をごぞんじでしょうか。

エドガー・ライス・バロウズの『類猿人《るいえんじん》ターザン』。

私《わたし》が、この本《ほん》を読《よ》んだのは中学生《ちゅうがくせい》のときでした。

あのころは、よく「筋骨《きんこつ》たくましい戦士《せんし》」の漫画《まんが》をかいていました。

授業中《じゅぎょうちゅう》、ノートのはしっこに、そんな絵《え》をかいていると、

「おっ、ウエハシ。今日《きょう》は斧《おの》を持《も》ってる男《おとこ》か。」

先生《せんせい》にツッコまれたものです。「そういう人《ひと》が好《す》きだった。」というより「そういう強《つよ》くてカッコイイ人《ひと》になりたいなあ。」と思《おも》っていたんですね。

だからターザンにはあこがれました。元《もと》オリンピックの水泳選手《すいえいせんしゅ》だった映画版《えいがばん》のワイズ

ミュラーもすてきですが、原作《げんさく》はさらにすばらしかったのです。

イギリス貴族《きぞく》の両親《りょうしん》は、アフリカ沖《おき》で遭難《そうなん》して、流《なが》れついた浜辺《はまべ》で赤《あか》ちゃんだけは無事《ぶじ》生《う》まれるのだけれど、ふたりとも死《し》んでしまいます。のこされたその子《こ》が、ターザンです。

ターザンは類人猿《るいじんえん》に育《そだ》てられたので、さいしょは自分《じぶん》のことを人間《にんげん》だと思《おも》っていないし、浜辺《はまべ》の小屋《こや》で白骨化《はっこつか》した両親《りょうしん》を見《み》つけても、それが自分《じぶん》の親《おや》とは思《おも》わないんですね。原作《げんさく》の第《だい》一章《しょう》はターザンが「自分《じぶん》がだれか」をわかっていくまでの、学《まな》びの物語《ものがたり》です。

ターザンは、その小屋《こや》でナイフを見《み》つけるのですが、人間《にんげん》だからそれをうまく使《つか》うことができるし、それまでひ弱《よわ》な生《い》き物《もの》だと思《おも》われていたのが、そのことでまわりの動物《どうぶつ》たちにも認《みと》められるようになっていきます。言語《げんご》にも興味《きょうみ》を持《も》って、ひとつひとつ学《まな》んでいくうちに、やがて自分《じぶん》がイギリス貴族《きぞく》のグレイストーク卿《きょう》ジョン・クレイトンであることを知《し》って、イギリスにわたることになります。

そこは、彼《かれ》が育《そだ》った大自然《だいしぜん》とはまったく異《こと》なる、文明化《ぶんめいか》された社会《しゃかい》です。

つまり『類猿人《るいえんじん》ターザン』は、自然《しぜん》とともにある人間《にんげん》が、自然《しぜん》を破壊《はかい》する文明《ぶんめい》というものに反旗《はんき》をひるがえす物語《ものがたり》で、中学生《ちゅうがくせい》の私《わたし》は、まさにそこに共感《きょうかん》したのです。英国貴族《えいこくきぞく》の血《ち》をひきながら、野生児《やせいじ》として育《そだ》ったターザンは、人間《にんげん》でありながら、自然《しぜん》の代弁者《だいべんしゃ》でした。あのころ、私《わたし》は、自分《じぶん》もそうありたいと強《つよ》く願《ねが》っていました。

いまの時代《じだい》は環境問題《かんきょうもんだい》やエコに関心《かんしん》が高《たか》まっていますが、私《わたし》が十代《だい》のころは、ちょうど高度経済成長期《こうどけいざいせいちょうき》によって失《うしな》われたものへの反省《はんせい》がはじまった時代《じだい》でした。テレビでも、文明《ぶんめい》が自然《しぜん》をこわすことに警鐘《けいしょう》を鳴《な》らす番組《ばんぐみ》がしょっちゅう放送《ほうそう》されていたし、「戦争《せんそう》」と「公害《こうがい》」がこの世界《せかい》の二大悪《だいあく》として、しきりにとりあげられていたのです。

学校《がっこう》でも、先生《せんせい》がこんな話《はなし》をしてくださったのを覚《おぼ》えています。

「いいか。牛《うし》の群《む》れを思《おも》いうかべてみろ。君《きみ》は、先頭《せんとう》を走《はし》る牛《うし》だとする。前《まえ》を見《み》ると、あっ、崖《がけ》がある。君《きみ》は後《うし》ろを向《む》いて『崖《がけ》があるぞ。』と警告《けいこく》して、立《た》ちどまろうとする。前《まえ》にいる牛《うし》たちも、気《き》がついて止《と》まろうとするだろう。でも後《うし》ろにいる牛《うし》たちは、見《み》えていないから、そのままどんどん、どんどん押《お》してきて、結局《けっきょく》、牛《うし》たちの群《む》れは、止《と》まることができずに崖《がけ》から落《お》ちていくんだ。」

私《わたし》の脳裏《のうり》には、なすすべもなく、崖《がけ》から一頭《とう》、また一頭《とう》と転《ころ》がり落《お》ちていく牛《うし》たちの姿《すがた》が、まざまざと浮《う》かんでいました。

その寓話《ぐうわ》が意味《いみ》していたのは、たとえ科学者《かがくしゃ》たちがさまざまな危険《きけん》に気《き》づいて警鐘《けいしょう》を鳴《な》らしたとしても、間《ま》にあわない場合《ばあい》があるということです。

だとしたら、危険《きけん》を事前《じぜん》に察知《さっち》して止《と》めなければいけない。

ところが、人間《にんげん》って、自分《じぶん》の目《め》で見《み》てから、それが起《お》こってからでないと、それがどんなに危険《きけん》だと言《い》われても、リアリティを持《も》ってやめる気《き》にならないんですね。事前《じぜん》の想定《そうてい》だけでは、腰《こし》をあげないというのがおそろしい。

それでも、ひとりひとりは、なにかをしようという気《き》になるかもしれません。

けれど、ひとりがそれを止《と》めようとしても、集団《しゅうだん》になってしまったら、なぜ止《と》まらなければいけないのかも理解《りかい》できないまま、あの牛《うし》の群《む》れのように崖《がけ》のむこうにつぎつぎと転《ころ》げ落《お》ちていくことしかできないんじゃないか。

それは、じつに生々《なまなま》しい恐怖《きょうふ》でした。

ひとりの人間《にんげん》が考《かんが》えることと、群《む》れとしての人類《じんるい》が引《ひ》きおこすことは、必《かなら》ずしも一致《いっち》しない。

戦争《せんそう》や公害《こうがい》、あるいは原発《げんぱつ》の問題《もんだい》を例《れい》にひくまでもなく、人類《じんるい》の歴史《れきし》は、そうしたことをくりかえしてきたのです。

「まるでひとつの毛糸玉《けいとだま》みたいだね。」

友達《ともだち》とそんな話《はなし》をしたのを覚《おぼ》えています。だれかがはしっこをひっぱったら、やがてだれもが影響《えいきょう》を受《う》けずにはいられない。だとしたら、どんな人《ひと》も「自分《じぶん》には関係《かんけい》ない。」とは言《い》えない。そう思《おも》いました。

当時《とうじ》の私《わたし》は、かつてはほかの動物《どうぶつ》たちと同《おな》じように、野《の》にある生《い》き物《もの》だった人間《にんげん》というものが、いったいいつからそれとはかけはなれた道《みち》を歩《あゆ》みはじめたのかということに強《つよ》い関心《かんしん》がありました。人間《にんげん》は、いつしか群《む》れとなって社会《しゃかい》をつくり、文明《ぶんめい》の中《なか》で暮《く》らすことを選《えら》んだのです。

ターザンに惹《ひ》かれたのも、ターザンが、自然《しぜん》と文明《ぶんめい》、そのふたつの境界線《きょうかいせん》の上《うえ》に立《た》っていたからだと思《おも》います。

私《わたし》も、自然《しぜん》の代弁者《だいべんしゃ》になりたいと願《ねが》いながら、実際《じっさい》には文明《ぶんめい》の恩恵《おんけい》を受《う》けて暮《く》らしていました。

自然《しぜん》を守《まも》ろう、環境破壊《かんきょうはかい》はいけないことだというのはかんたんで、まったく正《ただ》しいことのように思《おも》えますが、電気《でんき》を使《つか》い、文明《ぶんめい》がもたらす便利《べんり》さに助《たす》けられているのは、ほかならぬ自分《じぶん》たちであることも、見逃《みのが》すわけにはいきません。

境界線《きょうかいせん》の上《うえ》に立《た》つ、というのは、たとえば、そういうことです。

どちらか一方《いっぽう》が正《ただ》しいと信《しん》じこんで、うたがいもしない人間《にんげん》は、もう一方《いっぽう》を、理解《りかい》しがたい他者《たしゃ》として非難《ひなん》して取《と》りのぞこうとするかもしれない。理想《りそう》をかかげて声高《こわだか》に自分《じぶん》の主張《しゅちょう》をする人間《にんげん》は、しばしば、そういう己《おのれ》のおごりに気《き》づかないものです。

のぼせやすく、そのことで失敗《しっぱい》ばかりしていた私《わたし》は、自分《じぶん》が、そういう人間《にんげん》になってしまうことをなによりもおそれました。

自分《じぶん》は正《ただ》しい。そう強《つよ》く思《おも》うときほど、注意深《ちゅういぶか》くなろう。物事《ものごと》は、深《ふか》く考《かんが》えれば考《かんが》えるほど、どちらとも言《い》えなくなるのだから。

境界線《きょうかいせん》の上《うえ》に立《た》っている人《ひと》は、私《わたし》に、そのことを教《おし》えてくれました。両側《りょうがわ》が見《み》えるからこそ、どちらにも行《い》けない悲《かな》しみがあるのです。

バルトス・ヘップナーの『コサック軍《ぐん》 シベリアをゆく』を読《よ》んだのは、高校生《こうこうせい》のときでした。

コサック軍《ぐん》によるシベリア征服《せいふく》をえがいた歴史物語《れきしものがたり》で、コサックの首領《しゅりょう》エルマークが、タタール軍《ぐん》と戦《たたか》う日々《ひび》をえがいています。

コサックは、ロシアの少数民族《しょうすうみんぞく》です。エルマークは、それまでコサックたちを率《ひき》い、辺境《へんきょう》を生《い》きるすべとして略奪《りゃくだつ》をくりかえしていたのですが、シベリア遠征《えんせい》を命《めい》じられたことで、この戦《たたか》いに勝《か》てば、ロシア皇帝《こうてい》に自分《じぶん》たちのことを認《みと》めてもらえるんじゃないかという気持《きも》ちが芽生《めば》えます。

つまり、これは戦争《せんそう》をえがきながらも、支配《しはい》される側《がわ》のマイノリティと支配《しはい》する側《がわ》のマジョリティの関係《かんけい》をえがいた物語《ものがたり》でもあるのです。

エルマークは、皇帝《こうてい》からもらった鎧《よろい》を身《み》に着《つ》けていたがために水《みず》の底《そこ》にしずんで死《し》んでしまいます。その最期《さいご》は、少数民族《しょうすうみんぞく》の首領《しゅりょう》としてコサックとロシアのあいだで葛藤《かっとう》した彼《かれ》の人生《じんせい》を象徴的《しょうちょうてき》に表《あらわ》していました。

しかも、この『コサック軍《ぐん》シベリアをゆく』には続編《ぞくへん》があって『急《いそ》げ草原《そうげん》の王《おう》のもとへ』では、シベリア征服《せいふく》を、反対《はんたい》のタタール軍《ぐん》の側《がわ》から書《か》いています。

同《おな》じ戦争《せんそう》を、ロシア側《がわ》とタタール側《がわ》、両方《りょうほう》からえがいているので、エルマークも、一方《いっぽう》では英雄《えいゆう》だと思《おも》われているけれど、もう一方《いっぽう》では悪魔《あくま》だといわれています。敵《てき》と味方《みかた》が引《ひ》っくりかえるわけだから、それぞれの正義《せいぎ》も、まったくちがいます。

歴史《れきし》というものの相対性《そうたいせい》を、同《おな》じ作家《さっか》が、表裏一体《ひょうりいったい》のふたつの物語《ものがたり》としてえがきわけていることにワクワクさせられました。

どちらか一方《いっぽう》の側《がわ》から見《み》ただけでは、見《み》えない景色《けしき》があるのです。

境界線《きょうかいせん》の上《うえ》に立《た》つ人《ひと》は、それを見《み》ているのだと思《おも》います。

だからとても孤独《こどく》だし、人《ひと》から理解《りかい》してもらえないこともあると思《おも》います。結論《けつろん》めいたことを言《い》うこともできずに、それでもじっと考《かんが》えつづけ、沈黙《ちんもく》しているかもしれない。

私《わたし》は、そういう人《ひと》に惹《ひ》かれるし、そういう人《ひと》のまなざしが見《み》ているものを、自分《じぶん》も見《み》てみたいと思《おも》うのです。

壁《かべ》をこえてゆく力《ちから》

イングランド北部《ほくぶ》の東海岸《ひがしかいがん》から西海岸《にしかいがん》まで一二〇キロメートルにおよぶ「ハドリアヌスの北壁《ほくへき》（長城《ちょうじょう》）」があります。

ローズマリ・サトクリフの『第九軍団《だいきゅうぐんだん》のワシ』の舞台《ぶたい》となった場所《ばしょ》です。サトクリフは、私《わたし》にとって特別《とくべつ》な作家《さっか》で、とりわけこの『第九軍団《だいきゅうぐんだん》のワシ』を読《よ》んでいなかったら、史学科《しがくか》に行《い》きたいとか、文化人類学《ぶんかじんるいがく》をやってみたいとかいうことも、思《おも》わなかったかもしれません。

高校《こうこう》のイギリス研修旅行《けんしゅうりょこう》で、この壁《かべ》をおとずれたことがありました。いまはもう、羊囲《ひつじがこ》いの石垣《いしがき》にしか見《み》えないような壁《かべ》の上《うえ》に、ぴょんと飛《と》びのって、ポーズをとっている十七歳《さい》のころの写真《しゃしん》が残《のこ》っています。

見《み》わたす限《かぎ》りのムーア（荒野《こうや》）と、その上《うえ》をふきわたる風《かぜ》。

はじめてこの地《ち》をおとずれた私《わたし》の目《め》の前《まえ》に広《ひろ》がっていたのは、サトクリフが物語《ものがたり》にえがいたそのままの景色《けしき》でした。

二千年《ねん》まえのローマン・ブリテンの時代《じだい》、『第九軍団《だいきゅうぐんだん》のワシ』のマーカスとエスカも、この景色《けしき》を見《み》ながら、風《かぜ》にふかれていたのかもしれない。

北壁《ほくへき》をこえると、その向《む》こう側《がわ》はまだ征服《せいふく》されていない辺境《へんきょう》の地《ち》、ローマ人《じん》に言《い》わせれば「まだまつろわぬ民《たみ》」がすむ野蛮《やばん》な地《ち》でした。

この北壁《ほくへき》が、その境界線《きょうかいせん》です。


『第九軍団《だいきゅうぐんだん》のワシ』は、ローマ軍団《ぐんだん》の百人隊長《ひゃくにんたいちょう》だったマーカスが、行方不明《ゆくえふめい》になった父《ちち》の名誉《めいよ》を回復《かいふく》するため、ローマ軍《ぐん》の旗印《はたじるし》だったワシを求《もと》めて、北壁《ほくへき》のむこう側《がわ》の辺境《へんきょう》の地《ち》まで長《なが》く苦《くる》しい旅《たび》をする物語《ものがたり》です。

マーカスの従者《じゅうしゃ》となってともにこの旅《たび》をするのが、エスカという奴隷《どれい》の若者《わかもの》でした。

剣闘士《けんとうし》として殺《ころ》されるところだったエスカの命《いのち》を救《すく》ったマーカスは、彼《かれ》を、身辺《しんぺん》の世話《せわ》係《がかり》としてやとうことにします。いっぽう、戦争《せんそう》に敗《やぶ》れ、ローマ軍《ぐん》に家族《かぞく》を殺《ころ》されたエスカは、ローマ軍《ぐん》をにくんでいました。

なかなか打《う》ちとけようとしないエスカに、あるとき、マーカスはたずねます。

「しかし、ローマがあたえたものは、いいものではなかったのかい？」

マーカスのこの言葉《ことば》には「すべての道《みち》はローマに通《つう》じる」と言《い》われた時代《じだい》のローマ人《じん》ならではの、マジョリティとしての大《おお》らかさが表《あらわ》れています。自分《じぶん》たちがしていることはよいことだと信《しん》じてうたがわない、セントラルにいる人間《にんげん》の屈託《くったく》のなさがあります。

しかし、いまや奴隷《どれい》となり、マイノリティとして支配《しはい》される側《がわ》となったエスカにも、言《い》い分《ぶん》があります。

「わたしたちにはわたしたちの流儀《りゅうぎ》があるのですよ。」

そしてエスカは、マーカスの短剣《たんけん》のさやにほられている模様《もよう》と、自分《じぶん》の盾《たて》にうたれている模様《もよう》は、似《に》て非《ひ》なるものであることを語《かた》るのです。

一見《いっけん》、同《おな》じような曲線《きょくせん》に見《み》えても、マーカスのそれは、長年《ながねん》ローマの翼《つばさ》の下《した》にいるうちに、自分自身《じぶんじしん》の国《くに》の人々《ひとびと》の文化《ぶんか》や精神《せいしん》をわすれた無意味《むいみ》な曲線《きょくせん》であり、自《みずか》らの盾《たて》のそれは、たとえ支配下《しはいか》に置《お》かれようとも、いまだ生命《せいめい》のある曲線《きょくせん》である、と。

エスカのこの話《はなし》は、とても印象的《いんしょうてき》で、私《わたし》たちにさまざまなことを考《かんが》えさせてくれます。異《こと》なるふたつの世界《せかい》が、はからずも交《まじ》わることになったとき、なにを思《おも》い、どんな変化《へんか》がもたらされるのか。

そもそもマーカスにしても、父親《ちちおや》が汚名《おめい》を着《き》せられて、自分自身《じぶんじしん》がローマ軍《ぐん》のメインストリームを外《はず》れるということがなかったら、奴隷《どれい》のエスカと接点《せってん》を持《も》ち、ともに旅《たび》をするということもなかったでしょう。エスカにしても、戦争《せんそう》に敗《やぶ》れることがなければ、敵《てき》であるローマ人《じん》のマーカスに仕《つか》えることもなかったはずです。

対立《たいりつ》するふたつの国《くに》の関係《かんけい》でとらえるのなら、たがいにゆずらず、平行線《へいこうせん》になるのも、やむをえないことのように見《み》えるけれど、サトクリフという作家《さっか》のすごさは、その先《さき》の物語《ものがたり》を書《か》いたところにあります。たがいの壁《かべ》をこえるむずかしさをきちんとえがいたうえで、異《こと》なる文化《ぶんか》や背景《はいけい》を持《も》つ人間《にんげん》と人間《にんげん》が向《む》きあったときの関係《かんけい》を、しっかりと見《み》つめようとしたのです。

国《くに》と国《くに》との関係《かんけい》ではこえがたく思《おも》える境界線《きょうかいせん》も、人間同士《にんげんどうし》として、ひとりとひとりが向《む》きあったのなら、こえてゆく道《みち》があるんじゃないか。

ちがいがあっても、溝《みぞ》を飛《と》びこえられるかもしれない。橋《はし》がかかるかもしれない。その祈《いの》りにも似《に》た気持《きも》ちに、あのころも、いまも、私《わたし》は、ものすごく共振《きょうしん》してしまいます。

さいしょは支配者《しはいしゃ》と被支配者《ひしはいしゃ》として緊張関係《きんちょうかんけい》にあったマーカスとエスカでしたが、たがいの距離《きょり》がだんだん近《ちか》づいていくにつれ、少《すこ》しずつたがいへの理解《りかい》が生《う》まれていきます。そういう一瞬一瞬《いっしゅんいっしゅん》を、サトクリフは、とてもたいせつにえがいていきます。長《なが》く、つらい旅《たび》を終《お》えたとき、ふたりのあいだには、いつしか友情《ゆうじょう》が芽生《めば》えていました。

帰還《きかん》したマーカスが耳《みみ》にしたエスカの楽《たの》しげな口笛《くちぶえ》が、それを伝《つた》えてくれます。

エスカの今《いま》たてている音《おと》は、自由《じゆう》な人間《にんげん》のたてる音《おと》なのだ。

——『第九軍団《だいきゅうぐんだん》のワシ』（岩波少年文庫《いわなみしょうねんぶんこ》）

サトクリフのこの一行《ぎょう》は、この物語《ものがたり》を読《よ》みながら、彼《かれ》らとともに旅《たび》をしてきた私《わたし》の中《なか》にも、深《ふか》くきざみこまれました。エスカの口笛《くちぶえ》は、サトクリフがえがこうとした希望《きぼう》であり、異《こと》なる世界《せかい》を隔《へだ》てていた壁《かべ》をこえてゆく力《ちから》そのものです。私《わたし》がこの物語《ものがたり》でいちばん惹《ひ》かれたのも、そういうひとりひとりの「こうであればいい」という願《ねが》いがえがかれているところでした。

壁《かべ》のむこう側《がわ》に広《ひろ》がっているのは〈フロンティア〉です。〈フロンティア〉という言葉《ことば》は、日本《にっぽん》では「開拓《かいたく》」と訳《やく》しますが、じつは「フロント」、最前線《さいぜんせん》という言葉《ことば》からきているのです。たとえば、世界史《せかいし》の授業《じゅぎょう》で「フロンティアの消滅《しょうめつ》」という言葉《ことば》を習《なら》ったと思《おも》うのですが、あれは、アメリカ人《じん》から見《み》て、大陸《たいりく》の征服《せいふく》を完了《かんりょう》した、ということを指《さ》すわけです。

境界線《きょうかいせん》のむこう側《がわ》には、まだ見《み》ぬ地《ち》がある。もしかしたら「生《い》きる」ということ、それ自体《じたい》が、フロント=最前線《さいぜんせん》に立《た》つことなのかもしれない、と思《おも》ったりします。それぞれの生《お》い立《た》ちや境遇《きょうぐう》や、すごくいろんなものをかかえて、私《わたし》たちは、いま、出会《であ》っている。だれもが自分《じぶん》の命《いのち》の最前線《さいぜんせん》に立《た》っているのなら、それぞれに境界線《きょうかいせん》をゆらす力《ちから》、境界線《きょうかいせん》のむこう側《がわ》にこえてゆく力《ちから》を持《も》っているんじゃないか。

相手《あいて》を否定《ひてい》したり、おそれたり、あるいは自分《じぶん》の領分《りょうぶん》を守《まも》るために境界線《きょうかいせん》を強《つよ》くするのではなく、境界線《きょうかいせん》をこえて交《まじ》わっていこうとする気持《きも》ちを持《も》てたら、どんなにいいだろう。

私《わたし》は、それを、子《こ》どものころからずっと願《ねが》いつづけてきたように思《おも》うのです。

そして、私《わたし》の好《す》きな物語《ものがたり》に、もし共通点《きょうつうてん》のようなものがあるとしたら、それは背景《はいけい》の異《こと》なる者同士《ものどうし》がいかにして境界線《きょうかいせん》をこえていくかをえがいているところかもしれません。

「わたし的《てき》には」のわな

トールキンの『指輪物語《ゆびわものがたり》』を読《よ》んだときも、私《わたし》をいちばんワクワクさせたのは、ギムリとレゴラス、対照的《たいしょうてき》なふたりの友情《ゆうじょう》でした。

ひとりはみにくくて、心配性《しんぱいしょう》で、地《ち》の底《そこ》が好《す》き。

ひとりはハンサムで、楽天家《らくてんか》で、木《き》の上《うえ》が好《す》き。

まるで正反対《せいはんたい》のふたりなのに、得《え》がたいきずなを結《むす》んでいきます。

思《おも》えば『指輪物語《ゆびわものがたり》』も、多民族《たみんぞく》、多文化《たぶんか》をえがいた作品《さくひん》です。

子《こ》どものころに読《よ》んだときには、そんなことはみじんも思《おも》わずに、ただサムとフロドといっしょに旅《たび》をしていたけれど、冒頭《ぼうとう》のあの有名《ゆうめい》な言葉《ことば》、「一つの指輪《ゆびわ》は、すべてを統《す》べる。(One《ワン》 Ring《リング》 to《トゥー》 rule《ルール》 them《ゼム》 all《オール》)」というのは、まさに「一つの指輪《ゆびわ》が、多様《たよう》なる者《もの》を、一つのルールで支配《しはい》してしまう」ことを指《さ》しています。

『指輪物語《ゆびわものがたり》』は、多様《たよう》な者《もの》たちが、ある一つのルールによってすべてがしばられてしまう世界《せかい》に反抗《はんこう》して、その指輪《ゆびわ》を捨《す》てにいく物語《ものがたり》なのです。

なんといっても、旅《たび》の目的《もくてき》が「なにかを得《え》ること」じゃなくて「なにかをあきらめること」「捨《す》てにいくこと」というのが画期的《かっきてき》、これまでの冒険物語《ぼうけんものがたり》にはなかったエポックメイキングな発想《はっそう》だったと思《おも》います。「指輪《ゆびわ》を捨《す》てる」というのは、多文化《たぶんか》の中《なか》で、己《おのれ》の領分《りょうぶん》だけをかたくなに守《まも》ろうとする考《かんが》えを捨《す》てること、時《とき》にはあきらめたり、ゆずったりしながら、自《みずか》らも変容《へんよう》して、たがいの壁《かべ》を乗《の》りこえていこうとすることでもあるのでしょう。

なにかを「守《まも》ること」は、いかにもいいことのように賞賛《しょうさん》されます。反対《はんたい》に「あきらめること」「捨《す》てること」は批判《ひはん》の対象《たいしょう》にされがちですが、はたしてそうでしょうか。

たとえば、近《ちか》ごろ「わたし的《てき》には」という言葉《ことば》が流行《はや》っていますが、私《わたし》は、あの言葉《ことば》がとても気《き》になります。「わたし的《てき》には」という言葉《ことば》が意味《いみ》しているのは、つまり「わたしの考《かんが》えていることは、あなたの考《かんが》えていることとはちがうと思《おも》いますが」と、先回《さきまわ》りして前置《まえお》きしているわけです。

言葉《ことば》のあたりがやわらかいせいで相手《あいて》に対《たい》する気《き》づかいのような感《かん》じがするけれど、じつのところは「わたしはわたし」「あなたはあなた」と、あらかじめ一線《いっせん》を引《ひ》いて、自分《じぶん》と他者《たしゃ》を切《き》りはなそうとしている、ということでもある。まえもってそれを言《い》われてしまうと、返《かえ》す言葉《ことば》も限定《げんてい》されてしまいます。

「わたし的《てき》には」と口《くち》にするとき、人《ひと》は、おそらく他者《たしゃ》からの否定《ひてい》も、肯定《こうてい》も、求《もと》めていないのでしょう。ちがいを認《みと》めたうえで、おたがいをわかりあおうとする意図《いと》もあるのかもしれませんが、でも、自分《じぶん》が人《ひと》とちがっていることで傷《きず》つきたくないので、ちがいがあるのだからかまわないでほしい、放《ほう》っておいてほしいと、あらかじめ距離《きょり》をとってしまう、それが「わたし的《てき》には」という言葉《ことば》に表《あらわ》れているような気《き》がするのです。

それぞれの価値《かち》を認《みと》めることにした結果《けっか》、うめがたい溝《みぞ》が、溝《みぞ》のまま、放置《ほうち》されてしまう。それは、文化人類学《ぶんかじんるいがく》で、「相対主義《そうたいしゅぎ》のわな」と言《い》われていたものに似《に》ている気《き》がします。

アメリカにはアメリカの文化《ぶんか》があり、ヨーロッパにはヨーロッパの文化《ぶんか》があり、日本《にっぽん》には日本《にっぽん》の文化《ぶんか》があって、それぞれに固有《こゆう》の価値観《かちかん》があるのだから、批判《ひはん》してはならないということは、とても大切《たいせつ》な大前提《だいぜんてい》ではあるのですが、その結果《けっか》、ひとつひとつがバラバラのモザイクのように散《ち》らばって、わかりあえないことはわかりあえないままということが起《お》こってくるわけです。

文化《ぶんか》や伝統《でんとう》は守《まも》るべきもの、ちがいはちがいとして認《みと》めるべきだという考《かんが》えかたを否定《ひてい》するつもりはありませんが、相手《あいて》の中《なか》によいところを見《み》つけたら「自分《じぶん》の持《も》っているものより、こっちのほうがいいような気《き》がする。」と思《おも》うことができる自由《じゆう》、かたくなに守《まも》らなくてもいい、捨《す》てたっていい、どちらを選《えら》んでもいいんだよという寛容《かんよう》さ、それこそが、本当《ほんとう》の自由《じゆう》という気《き》がするのです。

イギリスは、かつて大英帝国《だいえいていこく》の植民地政策《しょくみんちせいさく》によって、まさに「一つの指輪《ゆびわ》は、すべてを統《す》べる。(One《ワン》 Ring《リング》 to《トゥー》 rule《ルール》 them《ゼム》 all《オール》)」をやろうとした国《くに》です。よく知《し》られているように、いまだに厳格《げんかく》なクラス(階級《かいきゅう》)がある国《くに》でもある。でもだからこそ、サトクリフやトールキンには、支配《しはい》する、支配《しはい》されるということに対《たい》する実感《じっかん》と深《ふか》い洞察《どうさつ》があったのでしょう。

現代《げんだい》は、マイノリティが恐怖《きょうふ》を武器《ぶき》に、圧倒的《あっとうてき》なマジョリティに戦《たたか》いをいどむという構図《こうず》が明《あき》らかになってきました。マイノリティが、無差別《むさべつ》テロを起《お》こして、暴力的《ぼうりょくてき》に自己主張《じこしゅちょう》をする姿《すがた》が、あちこちでみられます。

自分《じぶん》たちが苦《くる》しい状況《じょうきょう》に置《お》かれ、弱者《じゃくしゃ》として押《お》しつぶされようとしている原因《げんいん》は、世界全体《せかいぜんたい》がそういうシステムになっていることにある。そうなると、世界全体《せかいぜんたい》が彼《かれ》らの敵《てき》であって、そのシステムの恩恵《おんけい》で生《い》きている以上《いじょう》、たとえ生《う》まれたばかりの赤《あか》ちゃんでも責任《せきにん》はあるのだから、無差別《むさべつ》の暴力《ぼうりょく》によって報復《ほうふく》してもよいのだという考《かんが》えかたであるように思《おも》います。

たしかに、時《とき》として、この世界《せかい》は、強《つよ》い者《もの》に有利《ゆうり》な、ひとつの巨大《きょだい》なシステムとして機能《きのう》しているように思《おも》えてきます。

しかし、だからといって、恐怖《きょうふ》を武器《ぶき》にして人《ひと》を殺《ころ》すことで、自分《じぶん》の正当性《せいとうせい》を証明《しょうめい》しようとする考《かんが》えかたは、やはり、どこか大《おお》きくまちがっています。

かつて日本《にっぽん》が「お国《くに》のために」と戦争《せんそう》につきすすんでいったように、なにかを守《まも》ろうとすることは、時《とき》に他者《たしゃ》を破壊《はかい》することをよしとしてしまうほどの強《つよ》さを持《も》ちうるのです。だとしたら、そこにいたらない別《べつ》の道《みち》、境界線《きょうかいせん》をこえる別《べつ》のやりかたを見《み》つけるしかない。

それで思《おも》いだすのが、私《わたし》が『蒼路《そうろ》の旅人《たびびと》』で書《か》いた、タルシュの密偵《みってい》ヒュウゴのことです。

ヨゴ皇国《おうこく》の出身《しゅっしん》だったヒュウゴが、なぜ故国《ここく》をほろぼした敵《てき》であるタルシュの密偵《みってい》となったのか。『炎路《えんろ》を行《い》く者《もの》』『天《てん》と地《ち》の守《も》り人《びと》』に引《ひ》きつがれるヒュウゴの物語《ものがたり》は、あのシリーズで私《わたし》がもっともえがきたかったことのひとつでした。

ヒュウゴは、チャグムに、こう語《かた》りかけます。

「国《くに》が滅《ほろ》びるとき、なにがおきるか、思《おも》いえがくことができますか。敗戦《はいせん》につぐ、敗戦《はいせん》。しだいに都《みやこ》に近《ちか》づいてくる敵《てき》の足音《あしおと》。わたしは、はっきりとおぼえております。夜空《よぞら》の底《そこ》を赤黒《あかぐろ》くそめる炎《ほのお》と、守《まも》る者《もの》のいなくなった都《みやこ》の大門《だいもん》の外《そと》で、整列《せいれつ》したタルシュ軍《ぐん》が打《う》ちならす、海鳴《うみな》りのような軍鼓《ぐんこ》の響《ひび》きを……。」

チャグムは目《め》をあけて、男《おとこ》を見《み》た。

表情《ひょうじょう》は平静《へいせい》だったが、彼《かれ》の額《ひたい》には、わずかに汗《あせ》が浮《う》いていた。

「その光景《こうけい》を、これほど経《た》った今《いま》も、夢《ゆめ》にみることがあります。——わたしは、タルシュ帝国《ていこく》に滅《ほろ》ぼされた、ヨゴ皇国《おうこく》の出身《しゅっしん》ですから。」

——『蒼路《そうろ》の旅人《たびびと》』(偕成社《かいせいしゃ》)

ヒュウゴは、けっして大国《たいこく》タルシュの力《ちから》に屈《くっ》して、それにおもねる道《みち》を選《えら》んだわけではありません。まずはその内部《ないぶ》に入《はい》りこみ、時《とき》をかせぎ、ヨゴとタルシュ、双方《そうほう》の出方《でかた》をさぐりながら、自分《じぶん》のような思《おも》いをする者《もの》が、もうこれ以上《いじょう》あらわれないですむように、その機会《きかい》を待《ま》った。

なぜなら、そこで暮《く》らすあらゆる民《たみ》が平和《へいわ》に生《い》きられること、それこそが、自分《じぶん》の願《ねが》いだとわかっていたからです。

たったひとつ、ゆずれないものがあるとしたら、それはこれだ、と思《おも》えるまでに、どれほどの歳月《さいげつ》と葛藤《かっとう》が必要《ひつよう》だったことでしょう。そして、タルシュにヒュウゴのような人間《にんげん》がいたからこそ、やがて時《とき》を得《え》て、実《みの》ることもあったのです。

なにかを捨《す》てたときに、別《べつ》の新《あら》たな道《みち》が見《み》えてくることもある。

ヒュウゴも、また、こえがたい境界線《きょうかいせん》を、それでもこえていこうとした者《もの》だったのだと、私《わたし》は思《おも》っています。

十五歳《さい》のノート

私《わたし》には、いずれ大人《おとな》になったら読《よ》みかえそうと思《おも》って書《か》いた、はずかしいノートがあります。

これまでだれにも見《み》せたことがないし、これからもぜったいに見《み》せられないのですが、十五歳《さい》の私《わたし》が、自分《じぶん》が大人《おとな》になってからも、読《よ》みかえせば十五歳《さい》のときの気持《きも》ちがわかるようにと思《おも》って書《か》いていた、いわばネタ帳《ちょう》のようなノートです。

そして、これを言《い》うと、さらに、さらにはずかしいのですが、なんでそんなものをつけていたのかといえば、作家《さっか》になったとき、役《やく》に立《た》つんじゃないかと思《おも》っていたのです。

あまりにはずかしいので、実際《じっさい》に読《よ》みかえしたことはまだないのですが、ひとつだけ、覚《おぼ》えていることがあります。

そのノートの中《なか》で、私《わたし》は「どうしてブラック・ジャックが好《す》きなのか」を考察《こうさつ》していて、ブラック・ジャックというのは、ごぞんじのように手塚治虫《てづかおさむ》の同名《どうめい》の漫画《まんが》の主人公《しゅじんこう》ですが、それはまあ、だいたいこんな内容《ないよう》でした。

まわりのみんなは、テレビに出《で》ているスターがいいと言《い》う。だけど、彼《かれ》らは生身《なまみ》の人間《にんげん》だから、テレビでは役柄《やくがら》を演《えん》じているだけで、私《わたし》には見《み》えていない裏《うら》が、たくさんあるはずだ。

しかしブラック・ジャックは違《ちが》う。作家《さっか》がかいていること、これがすべてである。そのすべてを、私《わたし》は見《み》ているから、安心《あんしん》して「この人《ひと》が好《す》きだ」と言《い》える。

なんておさないんだろう、と思《おも》います。

「ぜったいにうたがいえない、本当《ほんとう》のことがあってほしい。」だなんて！ 本当《ほんとう》にきれいなものがあってほしい、きたないものは見《み》たくない。この世《よ》は幻滅《げんめつ》の連続《れんぞく》で「その幻滅《げんめつ》から逃《のが》れるために、自分《じぶん》は漫画《まんが》を読《よ》んでいるんだ。」などと理屈《りくつ》をつけていました。

人間《にんげん》って、本当《ほんとう》はいいところも、悪《わる》いところも、いっぱいあるけれど、ティーンエイジャーのころって、ひたすら悪《わる》いところばかりが見《み》えてしまうものですよね。それで否《ひ》定《てい》、否《ひ》定《てい》、否《ひ》定《てい》をしつづけて、でも、だからこそ本当《ほんとう》に美《うつく》しい夢《ゆめ》を見《み》たいと願《ねが》う。そのノートに記《しる》した私《わたし》の気《き》持《も》ちは、おさなくて、おさなくて、思《おも》いかえすとはずかしいのだけれど、でも、だからこそ「これぞ十五歳《さい》！」という感《かん》じがしました。

美《うつく》しい夢《ゆめ》を見《み》たいと願《ねが》えば、願《ねが》うほど、人《ひと》は、たぶん、たくさん幻滅《げんめつ》して、たくさん傷《きず》つくことになります。それでも十五歳《さい》の私《わたし》のまわりには、家族《かぞく》がいて、友人《ゆうじん》たちがいて、プラスもあり、マイナスもある私《わたし》のことを、過不足《かぶそく》なくささえてくれていました。もしそうじゃなかったら、否《ひ》定《てい》して、否《ひ》定《てい》して、すべてを否《ひ》定《てい》しつづけたあげく、舵《かじ》を失《うしな》って、とじこもってしまったかもしれない。

そうならなかった自分《じぶん》は、とても幸運《こううん》だったのだと思《おも》います。

私《わたし》は、幸《しあわ》せな子《こ》どもでした。でも同時《どうじ》に、だからこそ、自分《じぶん》は、作家《さっか》にはなれない、なる資格《しかく》はないんじゃないかと、ずっと思《おも》っていました。

本《ほん》はすごく好《す》きだったけれど、自分《じぶん》でなにかをする実体験《じったいけん》が浅《あさ》いことを、ずっと気《き》にしていたのです。へんな話《はなし》、高校時代《こうこうじだい》に、不良《ふりょう》っぽい友達《ともだち》から「このあいだ、ハコ乗《の》りしちゃってさあ。」なんて話《はなし》を聞《き》くと、自分《じぶん》も、こういうことを体験《たいけん》すべきじゃないかと焦燥感《しょうそうかん》にさいなまれました。

むしろ、そういういろんなことを経験《けいけん》した人間《にんげん》が、作家《さっか》になったほうがいいんじゃないか。

自分《じぶん》みたいな、いい子《こ》いい子《こ》で育《そだ》ってきた人間《にんげん》が、なにかを書《か》いたところで、どうしようもないんじゃないかという気持《きも》ちが、捨《す》てきれなかったのです。

だから、「作家《さっか》になりたい。」だなんて、人《ひと》にはなかなか言《い》えませんでした。

そんなことを言《い》ったら、「夢見《ゆめみ》る夢子《ゆめこ》さん」と言《い》われるに決《き》まっています。

そう思《おも》いながらも、なにかを書《か》かずにはいられなかったのです。

いま思《おも》えば「自分《じぶん》には語《かた》る権利《けんり》があるんだろうか。」ということを、そこまで気《き》にするのは、語《かた》りたいことがあったからです。「私《わたし》はしゃべってもいいのでしょうか。」と聞《き》く人間《にんげん》は、必《かなら》ず、しゃべりたいことがあるのです。

だれも生《う》まれてくるところは選《えら》べなくて、いまの私《わたし》はこの環境《かんきょう》の中《なか》で、ほかならぬ私《わたし》として、ここにある。なにをするにしても、ここからはじめるしかない。

そう思《おも》えるまでに、私《わたし》は、ずいぶんかかってしまった気《き》がします。

それでも書《か》かずにはいられなくて、中学生《ちゅうがくせい》のときも、高校生《こうこうせい》のときも、大学生《だいがくせい》になっても、ひたすら書《か》きつづけていました。

だれにも言《い》えないまま。行《ゆ》きつく先《さき》も、わからないままに。

いざ、グリーン・ノウへ

かつてはあったけれど、いまはもうない。

考古学者《こうこがくしゃ》がまだ見《み》ぬ伝説《でんせつ》の都《みやこ》に焦《こ》がれるように、私《わたし》は、過《す》ぎさった時《とき》の流《なが》れを感《かん》じさせるものに惹《ひ》かれます。

いま、私《わたし》が生《い》きているこの時《とき》も、やがて「遠《とお》いむかし」になる。「あの時代《じだい》」と呼《よ》ばれる、はるかな時《とき》のかなたに消《き》えてゆく。

『トムは真夜中《まよなか》の庭《にわ》で』『時《とき》の旅人《たびびと》』『グリーン・ノウの子《こ》どもたち』、私《わたし》がイギリスの児《じ》童文学《どうぶんがく》の中《なか》でも、とりわけタイム・ファンタジーが好《す》きなのは、この過《す》ぎゆく時間《じかん》の感覚《かんかく》を、ひじょうに繊細《せんさい》にえがいているからです。

タイム・ファンタジーにも、たとえば光瀬龍《みつせりゅう》の『夕《ゆう》ばえ作戦《さくせん》』のようにタイムスリップした時代《じだい》に積極的《せっきょくてき》に関《かか》わる話《はなし》と、そうじゃない話《はなし》の二種類《しゅるい》あって、『夕《ゆう》ばえ作戦《さくせん》』の場合《ばあい》は、タイムマシンを手《て》に入《い》れた中学生《ちゅうがくせい》の男《おとこ》の子《こ》が、現代《げんだい》の道具《どうぐ》を使《つか》いこなして、江戸時代《えどじだい》の忍者《にんじゃ》と戦《たたか》います。警戒厳重《けいかいげんじゅう》なお城《しろ》にしのびこむのに、現代《げんだい》にいったんもどってきて、目的《もくてき》の場所《ばしょ》に移動《いどう》してから、また過去《かこ》にもどったりする。そういうアイデアがひじょうにおもしろい作品《さくひん》なんですが、イギリスのタイム・ファンタジーの魅力《みりょく》は、それとはまたちがうんですね。

たとえば『時《とき》の旅人《たびびと》』では、ロンドンで暮《く》らす少女《しょうじょ》ペネロピーが、メアリー・スチュアートの時代《じだい》にさかのぼって、お屋敷《やしき》でメイドをしながら、それまで歴史上《れきしじょう》の人物《じんぶつ》だと思《おも》ってきた人《ひと》たちの喜《よろこ》び、悲《かな》しみにふれることになります。過去《かこ》の時《とき》は歴然《れきぜん》とそこにあって、変《か》えることはできないのだけれど、歴史《れきし》という大《おお》きな時間《じかん》の流《なが》れを日常生活《にちじょうせいかつ》に引《ひ》きよせて、人《ひと》の営《いとな》みとして見《み》つめなおす、その視点《してん》が魅力的《みりょくてき》でした。

はるかな時《とき》をへだてて、交《まじ》わるはずのなかった人々《ひとびと》がつかのま、交《まじ》りあう。これもまた、異《こと》なるふたつの世界《せかい》が限《かぎ》りなく近《ちか》づくときに生《う》まれる物語《ものがたり》ですよね。

そうしてもどってくれば、彼《かれ》らはもう、過《す》ぎさった過去《かこ》の人《ひと》としてこの世《よ》にはいない。遠《とお》くのものに手《て》をのばして、たしかになにかにふれたのに、もう二度《にど》とめぐりあうことはない。生々流転《せいせいるてん》する人《ひと》の命《いのち》のせつなさに、胸《むね》がふるえました。

私《わたし》の高校時代《こうこうじだい》、授業《じゅぎょう》で読書《どくしょ》ノートをつくって、先生《せんせい》に見《み》せていたのですが、私《わたし》の読書《どくしょ》ノートは、高校生《こうこうせい》になっても相変《あいか》わらずイギリスの児童文学《じどうぶんがく》だらけで、先生《せんせい》から「もうちょっとほかの本《ほん》も読《よ》みなさい。」と言《い》われたのを覚《おぼ》えています。

まわりの友達《ともだち》は、そのくらいの年《とし》ごろになると、進路《しんろ》とか恋愛《れんあい》とかもっと現実的《げんじつてき》なことに関心《かんしん》を持《も》つようになって、それにつれて読《よ》む本《ほん》も、おのずと変《か》わっていきました。

たとえばサリンジャーの『ライ麦畑《むぎばたけ》でつかまえて』だったり、それを読《よ》むことで「この社会《しゃかい》で生《い》きていく私《わたし》って、なに？」ということをおぼれないで見《み》つけていく作業《さぎょう》をやっていたりするのに、私《わたし》は、なかなかそっちには行《い》けませんでした。

それは、たぶん、私《わたし》のおさなさでもあったのでしょう。

ただ、私《わたし》は「私《わたし》って、なに？」ということよりも「人間《にんげん》って、なに？」ということに関《かん》心《しん》がありました。「人《ひと》」よりも「人々《ひとびと》」に興味《きょうみ》があったのだと思《おも》います。

さらに、日常生活《にちじょうせいかつ》で起《お》こることとは、日常《にちじょう》の世界《せかい》の中《なか》で理解《りかい》し、対処《たいしょ》していくもので、本《ほん》を読むことで、それに対する答えがほしいという気持ちはあまりなかった気がします。それよりも、物語《ものがたり》の中《なか》では、日常《にちじょう》の生活《せいかつ》では見《み》ることができないもの、日常《にちじょう》の世界《せかい》では気《き》づけないようなものと出会《であ》いたいと思《おも》っていました。

親友《しんゆう》とは、よく、将来《しょうらい》の夢《ゆめ》について話《はな》しました。漫画家《まんがか》か、作家《さっか》になれたらいいよね、と。ただ、彼女《かのじょ》は、私《わたし》よりずっと大人《おとな》で、世《よ》の中《なか》はそれほどあまくないことを、ちゃんと知《し》っていたような気《き》がします。

「作家《さっか》を志《こころざ》したけれど、達成《たっせい》できずに、ただ夢《ゆめ》をかかえたまま、夢《ゆめ》にふりまわされて生《い》きている人《ひと》もいるよね。夢《ゆめ》がかなわなかった、その先《さき》のこともちゃんと考《かんが》えなきゃいけないよね。」と、言《い》ってくれたことがありました。

そう言《い》われても、私《わたし》は、いまひとつ、ぴんとこなかった。

父親《ちちおや》が画家《がか》だったからかもしれません。

いくら現実《げんじつ》はあまくないと言《い》われても、目《め》の前《まえ》に、ひたすら絵《え》をかきつづけて、それで生活《せいかつ》をし、家族《かぞく》を養《やしな》っている人間《にんげん》がいるのです。

あのころ、父《ちち》から「自由業《じゆうぎょう》の人間《にんげん》には失業手当《しつぎょうてあて》もないんだぞ。いま、かいてる絵《え》が売《う》れなかったら、明日《あした》、飢《う》えて、路頭《ろとう》にまようかもしれないんだぞ。」と言《い》われた意味《いみ》が、いまはわかる。でもあのころは、わからなかった。わかるのは、自分《じぶん》が信《しん》じた美《うつく》しいものだけを求《もと》めて生《い》きることもできるのだということ。

私《わたし》は、父《ちち》を通《とお》して、そういう人生《じんせい》もありえることを、いわば、当《あ》たり前《まえ》のことのように感《かん》じてしまっていたのです。

でも、私《わたし》は、自分《じぶん》が、あまいあまい「夢見《ゆめみ》る夢子《ゆめこ》さん」だということも、心《こころ》のどこかで感《かん》じていました。

見《み》たい夢《ゆめ》だけを見《み》て、物語《ものがたり》の外《そと》に出《で》たことがなかった自分《じぶん》のことを、心《こころ》の底《そこ》では、はずかしいと思《おも》っていたのです。私《わたし》は、あまったれの幸《しあわ》せな子《こ》どもで、このままじゃ作家《さっか》になんてぜったいになれないと、だれよりも自分自身《じぶんじしん》がよくわかっていました。

どうしたらそのからをやぶって、ここをぬけだせるのか、だから必死《ひっし》で考《かんが》えました。

偉人伝《いじんでん》の人《ひと》たちが、なぜ自分《じぶん》の道《みち》を達成《たっせい》できたかといえば、人《ひと》に笑《わら》われたからやめて別《べつ》の道《みち》に行《い》くんじゃなくて、人《ひと》に笑《わら》われても、そのことを自分《じぶん》の本当《ほんとう》の現実《げんじつ》にするために、一心《いっしん》に努力《どりょく》をしたからです。

「夢見《ゆめみ》る夢子《ゆめこ》さん」と言《い》われるのが嫌《いや》だったら、あまちゃんなくせに、どこか傲慢《ごうまん》な自分《じぶん》がたきのめされる瞬間《しゅんかん》を、あえて味《あじ》わいにいかないといけないいんじゃないか。

サプライズが起《お》こったのは、そんなときでした。

当時《とうじ》、私《わたし》が通《かよ》っていた香蘭女学校《こうらんじょがっこう》が企画《きかく》したイギリス研修旅行《けんしゅうりょこう》で、ケンブリッジに行《い》けることがわかったのです。

ケンブリッジといえば『グリーン・ノウの子《こ》どもたち』のルーシー・M《エム》・ボストンさんのマナーハウスがあるところです。十二世紀《せいき》に建《た》てられたお屋敷《やしき》で、いまの子《こ》どもたちと、あのころの子《こ》どもたちが出会《であ》う――。あのすばらしい物語《ものがたり》は、ボストン夫人《ふじん》が、ご自身《じしん》が暮《く》らしているマナーハウスを舞台《ぶたい》にして書《か》いたのです。

イギリスの児童文学《じどうぶんがく》には、実在《じつざい》の場所《ばしょ》を舞台《ぶたい》にした作品《さくひん》が数多《かずおお》くあって、そこで暮《く》らす人々《ひとびと》の生活《せいかつ》がつぶさに、いきいきとえがかれているので、読《よ》むたびに、まるで旅《たび》にでも出《で》るように、その場所《ばしょ》に行《い》くことができるのが魅力《みりょく》でした。

でも、それはあくまで本《ほん》の中《なか》の話《はなし》だったのに、まさにその場所《ばしょ》に、本当《ほんとう》に行《い》くことができるかもしれない。私《わたし》は、ボストン夫人《ふじん》に手紙《てがみ》を書《か》きました。正確《せいかく》にはイギリス帰《がえ》りの同《どう》級生《きゅうせい》に書《か》いてもらったのですが、大好《だいす》きなあの作品《さくひん》の舞台《ぶたい》を、遠《とお》くからでもいいから、ひと目見《めみ》たいと思《おも》ったのです。


その日《ひ》は私《わたし》は家《いえ》にいますから、どうぞ遊《あそ》びにいらっしゃい。


ボストン夫人《ふじん》からの思《おも》いがけないお返事《へんじ》に、私《わたし》は、舞《ま》いあがりました。そのときの写真《しゃしん》を見《み》れば、私《わたし》が、どのくらい天高《てんたか》く舞《ま》いあがっていたのかが、ひと目《め》でわかります。

なにしろ、『グリーン・ノウのお客《きゃく》さま』に出《で》てくるオスのゴリラ、あの愛《あい》すべきハンノーになりきって、ポーズをとっているのです。十七歳《さい》の乙女《おとめ》なのに。

どの写真《しゃしん》を見《み》ても、心《こころ》ここにあらず、という顔《かお》をしています。物語《ものがたり》の世界《せかい》にひたりきって、そこにいるはずのだれかの顔《かお》つきになりきっているのです。

いまその写真《しゃしん》を見《み》ると、とてもはずかしいですが、きっと、あの家《いえ》をおとずれたら、多《おお》くの読者《どくしゃ》が同《おな》じような興奮《こうふん》を味《あじ》わうのではないでしょうか。

なにしろ、ボストン夫人《ふじん》のマナーハウスは、物語《ものがたり》に書《か》かれたそのままの世界《せかい》なのですから。庭《にわ》にはイチイの木《き》でつくった鹿《しか》のトピアリーがあり、主人公《しゅじんこう》のトーリーの部屋《へや》とおぼしき場所《ばしょ》にはちゃんと十九世紀《せいき》の木馬《もくば》があって、はじめておとずれた場所《ばしょ》なのに、なにもかもよく知《し》っている気《き》がしました。

ボストン夫人《ふじん》は、当時《とうじ》八十七歳《さい》。

遠《とお》い異国《いこく》からやってきた高校生《こうこうせい》を、あたたかくむかえいれ、ひとつひとつ、ていねいに案内《あんない》してくださいました。これまで親友《しんゆう》以外《いがい》には、ちゃんと打《う》ちあけたことがなかったことを、思《おも》わず告《つ》げていたのは、そのせいかもしれません。

「……私《わたし》、作家《さっか》になりたいんです。」

気《き》がついたら、言葉《ことば》が口《くち》からこぼれていました。

「なれますよ。」

ボストン夫人《ふじん》は、大《おお》きな手《て》で私《わたし》の手《て》を包《つつ》みこむようににぎり、そう言《い》ってくださいました。

「大人《おとな》になって、いろいろなことがあっても、あなたがその夢《ゆめ》を強《つよ》く持《も》ちつづけているのなら、あなたはきっと作家《さっか》になれます。」

このときのボストン夫人《ふじん》の言葉《ことば》に、このあとも、どんなに力《ちから》をもらったことでしょう。ボストン夫人《ふじん》の自伝《じでん》『意地《いじ》っぱりのおばかさん』を読《よ》むと、彼女《かのじょ》こそが書《か》きたい気持《きも》ちをずっと持《も》ちつづけていた人《ひと》だということがわかります。めぐまれた家庭《かてい》のふつうの主婦《しゅふ》だった彼女《かのじょ》が「グリーン・ノウ」シリーズで作家《さっか》デビューしたのは、六十二歳《さい》のときでした。

ボストン夫人《ふじん》と、マナーハウスのイチイの木《き》を刈《か》りこんでつくった「緑《みどり》の鹿《しか》」。

その一歩《ぽ》をふみだす勇気《ゆうき》を

私《わたし》は、自分《じぶん》がすごくホビットに似《に》ていると思《おも》います。ホビットというのは、もちろんあの『ホビットの冒険《ぼうけん》』のホビット、ビルボ・バギンズのことです。『指輪物語《ゆびわものがたり》』の長《なが》い旅路《たびじ》も、もとはといえば、ビルボの最初《さいしょ》の旅《たび》からはじまったのです。とはいえ、ビルボは、ウキウキとその旅《たび》に出《で》かけたわけではありませんでした。

私《わたし》も、自分《じぶん》がものすごく小心者《しょうしんもの》で、弱虫《よわむし》で、できれば居心地《いごこち》のいい家《いえ》にいて、おいしいものを食《た》べ、おもしろい本《ほん》を読《よ》みながら、ゴロゴロしていられたら、それで幸《しあわ》せ、と思《おも》ってしまう人間《にんげん》であることを、知《し》っています。

めんどうくさがりで、新《あたら》しいこと、こわいことも、できることならしたくない。それなのに、ガンダルフにそそのかされて、

「靴《くつ》ふきマットの上《うえ》で、もそもそしているヤツと思《おも》われたくない！」

と、冒険《ぼうけん》の旅《たび》に出《で》たビルボのように「これじゃいかん！」と、自分《じぶん》で自分《じぶん》の背中《せなか》をけっとばし、外《そと》に飛《と》びだすくせがあるのです。

いつまでも「夢見《ゆめみ》る夢子《ゆめこ》さん」でいたくないのなら、物語《ものがたり》の中《なか》で旅《たび》をするんじゃなくて、靴《くつ》ふきマットの外《そと》に飛《と》びだして、本当《ほんとう》の旅《たび》に出《で》るしかない。

そのことがつねに頭《あたま》の中《なか》にあったからでしょう、私《わたし》は、文化人類学《ぶんかじんるいがく》に心惹《こころひ》かれ、やがて、フィールドワークに出《で》かけるようになりました。

ちっぽけな自分《じぶん》を、物語《ものがたり》ではなく、現実《げんじつ》の広《ひろ》い世界《せかい》に放《ほう》りこもう。物語《ものがたり》を読《よ》んで、わかった気《き》になるんじゃなくて、異国《いこく》に行《い》き、異文化《いぶんか》の日常《にちじょう》を生《い》きている人々《ひとびと》と同《おな》じ状況《じょうきょう》に、自分《じぶん》を置《お》いてみよう。

現実《げんじつ》の世界《せかい》で、生身《なまみ》の人間《にんげん》と向《む》かいあえば、傷《きず》つくこともあるでしょう。それはわかっていましたし、実際《じっさい》、それなりにつらい目《め》にもあいましたが、それはまた別《べつ》の話《はなし》。

それまで、私《わたし》は、たくさんの物語《ものがたり》を読《よ》むことで、いろんな可能性《かのうせい》に、目《め》を開《ひら》かせてもらいました。世《よ》の中《なか》にはさまざまな立場《たちば》で生《い》きる、さまざまな人《ひと》たちがいて、その物語《ものがたり》をいっしょに生《い》きることで、その人《ひと》たちの人生《じんせい》を泣《な》きながら、笑《わら》いながら、感動《かんどう》しながら、体験《たいけん》してきたのです。それは私《わたし》にとって本当《ほんとう》に宝物《たからもの》のような、大切《たいせつ》な体験《たいけん》ではあったけれど、自分自身《じぶんじしん》ではなんのリスクも負《お》わずに、美《うつく》しいもの、豊《ゆた》かなものを受《う》けとるだけ、受《う》けとってきたのです。そういう自分《じぶん》のことを、ちょっとずるいな、と思《おも》っていました。

ここから先《さき》は、物語《ものがたり》の中《なか》で体験《たいけん》してきたことの大切《たいせつ》な部分《ぶぶん》を、生身《なまみ》の自分《じぶん》で体験《たいけん》してみよう。だから、そう決《き》めたのです。

内田善美《うちだよしみ》という、私《わたし》の大好《だいす》きな漫画家《まんがか》の『時《とき》への航海誌《こうかいし》』という短編《たんぺん》があって、主人公《しゅじんこう》は考古学者《こうこがくしゃ》を夢見《ゆめみ》る男《おとこ》の子《こ》です。でも家族《かぞく》はそれに反対《はんたい》しているんですね。ちゃんと大学《だいがく》に行《い》って、いい会社《かいしゃ》に就職《しゅうしょく》しなさいと言《い》われてしまう。だけど、彼《かれ》はやっぱり考古学者《こうこがくしゃ》の夢《ゆめ》が捨《す》てきれない。その男《おとこ》の子《こ》が言《い》うせりふがあるんです。

私《わたし》は、それを自分《じぶん》で紙《かみ》に書《か》いて、最後《さいご》に別《べつ》の言葉《ことば》を足《た》しました。

そのための一歩《ぽ》を踏《ふ》みだす勇気《ゆうき》を

それを机《つくえ》の上《うえ》にはって、中学高校時代《ちゅうがくこうこうじだい》、ずっと見《み》ていました。そのとなりには、すでに一枚《まい》、紙《かみ》がはってあって、そこにはエジソンが言《い》ったあの有名《ゆうめい》なせりふが書《か》いてありました。

天才《てんさい》とは一パーセントのひらめきと九九パーセントの努力《どりょく》である

この話《はなし》をするのは、本当《ほんとう》にはずかしくて、こうしてお話《はな》ししていても顔《かお》から火《ひ》が出《で》そうです。私《わたし》は、座右《ざゆう》の銘《めい》というものが嫌《きら》いで、人《ひと》からたのまれても、いまだかつて一度《いちど》も書《か》いたことがありません。でも、あのころの私《わたし》にとって、机《つくえ》の上《うえ》にはってあった二枚《まい》の紙《かみ》っきれは、なにより大切《たいせつ》なおまじないであり、すがりつきたい言葉《ことば》でした。

私《わたし》は、自分《じぶん》が天才《てんさい》じゃないことも知《し》っていたし、放《ほう》っておいたら、いつまでも靴《くつ》ふきマットの上《うえ》から飛《と》びだすことができない、臆病《おくびょう》で弱虫《よわむし》なことも知《し》っていました。

だけど、私《わたし》があこがれた人《ひと》たちは、きっと、勇気《ゆうき》を持《も》ってその一歩《ぽ》をふみだしていったのだと思《おも》ったのです。

「夢見《ゆめみ》る夢子《ゆめこ》さん」と言《い》われて、はずかしいと思《おも》った。その気持《きも》ちが、私《わたし》に、さいしょの一歩《ぽ》をふみだす勇気《ゆうき》をくれました。


どんなにあこがれても、かなわないことは、たくさんあるでしょう。

それが真実《しんじつ》だし、そのための一歩《ぽ》をふみだしたことで、失敗《しっぱい》したな、といつか後悔《こうかい》することだってあるかもしれない。

だとしても――。

あのとき、その一歩《ぽ》をふみださなかったら、私《わたし》は、いまの私《わたし》にはなっていない。それだけはまちがいない。臆病《おくびょう》で弱虫《よわむし》の自分《じぶん》が、いま作家《さっか》として生《い》きている唯一《ゆいいつ》の理由《りゆう》があるとすれば、それは「靴《くつ》ふきマットの上《うえ》で、もそもそしているな！」という、もうひとりの自《じ》分《ぶん》の声《こえ》に背中《せなか》を押《お》されて「よし、行《い》くぞ！」と、何度《なんど》も「安《やす》らかな枠《わく》の外《そと》」へ出《で》たからです。弱虫《よわむし》の自分《じぶん》に活《かつ》を入《い》れるような切実《せつじつ》な旅《たび》をくりかえしたそのことが、たぶん、なんとかかんとか、私《わたし》を作家《さっか》にしてくれたのだと思《おも》うのです。

「いまのままの自分《じぶん》でいい理由《りゆう》」をさがしてしまえば、かんたんに逃《に》げ道《みち》は見《み》つけられます。

それで納得《なっとく》できるのなら、そのほうがラクチンだけど、若《わか》くて元気《げんき》なうちは、ちょっとくらい無理《むり》したっていい。もちろん、たまには休《やす》んでもいいし、逃《に》げたっていい。でも元気《げんき》になったら「靴《くつ》ふきマットの上《うえ》で、もそもそしているな！」、自分《じぶん》を鼓舞《こぶ》して一歩《ぽ》ふみだしてみる。その一歩《ぽ》が、きっと進《すす》むべき道《みち》を教《おし》えてくれるはずです。

そうして私《わたし》も、靴《くつ》ふきマットの外《そと》に飛《と》びだして、自分《じぶん》なりの冒険《ぼうけん》の旅《たび》をはじめたのです。

第《だい》三章《しょう》　自分《じぶん》の地図《ちず》をえがくこと

さようなら、アレキサンダー

どうして、作家《さっか》と文化人類学者《ぶんかじんるいがくしゃ》の二足《にそく》のわらじをはくことになったのか。

ふりかえると、いくつもの偶然《ぐうぜん》と大切《たいせつ》な出会《であ》いが、私《わたし》をいまいる場所《ばしょ》に連《つ》れてきてくれたような気《き》がします。

歴史《れきし》を本格的《ほんかくてき》に学《まな》びたくて、立教大学《りっきょうだいがく》の史学科《しがくか》に進学《しんがく》した私《わたし》は、ギリシャ・ローマ史《し》の授業《じゅぎょう》を受《う》けられることが楽《たの》しみでしかたがありませんでした。

当時《とうじ》、ぜひとも書《か》いてみたい題材《だいざい》があったのです。

アレキサンダー大王《だいおう》の東方遠征《とうほうえんせい》を小説化《しょうせつか》したい。

どうしてアレキサンダー大王《だいおう》だったのかといえば、やっぱり、境界線《きょうかいせん》のむこう側《がわ》のフロンティアを目指《めざ》した人《ひと》、異文化《いぶんか》を見《み》た人《ひと》だったからです。ギリシャ世界《せかい》から、ペルシャ、そしてインドにいたる東方遠征《とうほうえんせい》の経路《けいろ》にも、異文化交流《いぶんかこうりゅう》のおもしろさを感《かん》じていました。

主人公《しゅじんこう》はアレキサンダー大王《だいおう》ではなく、アレキサンダー大王《だいおう》につきしたがっていかざるをえなかったマケドニアの一兵士《いちへいし》にしよう。かがやかしいアレキサンダー大王《だいおう》のかげで、歴史《れきし》の上《うえ》ではかえりみられることのなかった、ちりとして消《き》えていった男《おとこ》――。世界征服《せかいせいふく》の夢《ゆめ》をいだくアレキサンダー大王《だいおう》とちがって、彼《かれ》は、自分自身《じぶんじしん》の意思《いし》ではなく故郷《こきょう》から遠《とお》くはなれた場所《ばしょ》に連《つ》れていかれ、二度《にど》と帰《かえ》れないかもしれない戦《たたか》いに身《み》を投《とう》じながら、いったいなにを思《おも》ったのだろう。

サトクリフの『第九軍団《だいきゅうぐんだん》のワシ』、あのマーカスとエスカみたいな歴史物語《れきしものがたり》を、自分《じぶん》でも書《か》いてみたいと、アイディアをあたためていたのです。

できることならサトクリフがそうだったように、はるか遠《とお》いむかしのできごとであっても、ちゃんとにおいがあって、光《ひかり》があって、空気《くうき》の質感《しつかん》まで立《た》ちあがってくるような物語《ものがたり》を書《か》いてみたい。ギリシャ史《し》を学《まな》ぶことは、そのためのよき取材《しゅざい》の場《ば》になるにちがいないと思《おも》っていました。とにかくディテールが大切《たいせつ》だと思《おも》っていたので、レポート用紙《ようし》にびっしり質問事項《しつもんじこう》を書《か》きだしておいて、ある日《ひ》、授業《じゅぎょう》のあとで、思《おも》いきって教授《きょうじゅ》に質問《しつもん》に行《い》ったのです。

「当時《とうじ》のマケドニアの兵士《へいし》たちは、一日何食《にちなんしょく》の食事《しょくじ》をしていたのでしょう。」

「どのようなものを食《た》べていたのでしょうか。」

「サンダルは何足《なんそく》持《も》っていたのでしょう。」

「サンダルはなんの皮で作られていたのでしょう。」

「たとえば中央《ちゅうおう》アジアに入《はい》ると、その皮《かわ》の質《しつ》が変《か》わったりもしたのでしょうか。」

「荷物《にもつ》はどんなものを持《も》っていたのでしょう。」

質問《しつもん》の内容《ないよう》は、日常生活《にちじょうせいかつ》の多岐《たき》にわたった、細《こま》かいものでした。教授《きょうじゅ》は質問《しつもん》のリストを、しばし、じっとご覧《らん》になって、ひと言《こと》。

「君《きみ》ね、大学院《だいがくいん》にいらっしゃい。」

「はい！　そうしたいと思《おも》っております。」

「そう。それはよかった。じゃね、ギリシャに留学《りゅうがく》して、ギリシャ語《ご》を勉強《べんきょう》するといいよ。古代《こだい》ギリシャ語《ご》まで勉強《べんきょう》したら、資料《しりょう》はいっぱいあるから。そうしたら、君《きみ》が知《し》りたいと思《おも》っている、これくらいの資料《しりょう》は見《み》つけられるよ。」

（どっひゃあ！）

まさかそこまで遠大《えんだい》な計画《けいかく》になるとは思《おも》ってもいなかった私《わたし》は、内心《ないしん》で、なさけない悲《ひ》鳴《めい》をあげていました。質問《しつもん》すれば答《こた》えてもらえるなんて考《かんが》えていたところが、とってもあまちゃんだったわけですが、そもそも、私《わたし》は語学《ごがく》が大《だい》の苦手《にがて》。英語《えいご》やフランス語《ご》でさえ苦《く》戦《せん》しているのに、ギリシャ語《ご》？　それも古代《こだい》ギリシャ語《ご》？　めっそうもございません！

この私《わたし》が、古代《こだい》ギリシャ語《ご》をみごとにマスターして、文献《ぶんけん》を読《よ》めるようになるまでにいったいどれくらいかかるのか見当《けんとう》もつきませんでした。いや、そんな日《ひ》はきっと来《こ》ないにちがいない、そんなことをしていたら、いつまで経《た》っても小説《しょうせつ》を書《か》きはじめることなんてできないだろう。こうして、作家《さっか》になるべく用意周到《よういしゅうとう》な大学生活《だいがくせいかつ》を送《おく》るつもりでいた私《わたし》の計画《けいかく》は、いきなり、頓挫《とんざ》することになったのです。

さようなら、アレキサンダー。

私《わたし》は、そこでアレキサンダー大王《だいおう》の話《はなし》を書《か》くことをあきらめたのでした。

この挫折《ざせつ》は、しかし、いい勉強《べんきょう》になりました。

実際《じっさい》にあったことを書《か》くには、細部《さいぶ》を詳細《しょうさい》に調《しら》べあげる必要《ひつよう》があります。そこで生《い》きている人《ひと》たちがなにを食《た》べ、なにを着《き》て、どんなふうに暮《く》らしているのか、それが見《み》えていないと物語《ものがたり》にならないのです。

当時《とうじ》でも、マケドニア関連《かんれん》の資料《しりょう》を英語《えいご》の文献《ぶんけん》まで根気《こんき》よく調《しら》べてみる気《き》があれば、ずいぶん多《おお》くのことを調《しら》べることはできたでしょう。

ただ、資料《しりょう》がじゅうぶん手《て》に入《はい》らないというだけでなく、資料《しりょう》をつなぎあわせてみているうちに、別《べつ》のことが気《き》になりはじめたのです。

どれほどくわしく調《しら》べて書《か》いたとしても、それで、本当《ほんとう》に、その時代《じだい》に生《い》きた兵士《へいし》の心《こころ》になれるのだろうか。——異《こと》なる時代《じだい》の、異《こと》なる文化《ぶんか》の実在《じつざい》の人物《じんぶつ》になりかわって書《か》くことに、私《わたし》は、どこかためらいを覚《おぼ》えてしまったのです。変《へん》な言《い》いかたかもしれませんが、「その兵士《へいし》」に申《もう》しわけないような気《き》がしたのです。

知識《ちしき》と知識《ちしき》を単純《たんじゅん》につなぎあわせるだけでは、過去《かこ》に生《い》きた人《ひと》たちの、本当《ほんとう》の現実《げんじつ》にはいたれない。どこかに必《かなら》ず、私《わたし》の想像《そうぞう》が入《はい》ってしまう。そこでゆがんでしまうものと、どう向《む》きあったらいいのか……。作家《さっか》になってからも『月《つき》の森《もり》に、カミよ眠《ねむ》れ』以外《いがい》、「現《げん》実《じつ》の過去《かこ》」は書《か》いていませんが、私《わたし》はまだ、本当《ほんとう》にあった過去《かこ》を、私《わたし》の想像《そうぞう》でえがくということに、自分《じぶん》で納得《なっとく》ができる答《こた》えを得《え》ていないのです。

しかし怪我《けが》の功名《こうみょう》と言《い》うべきでしょうか。文化人類学《ぶんかじんるいがく》に興味《きょうみ》を持《も》ったのは、このときにこっぱみじんに挫折《ざせつ》したおかげかもしれません。

当初《とうしょ》の目的《もくてき》を見失《みうしな》って、ゼミからゼミへうろうろしていた時期《じき》に出会《であ》ったのが、山口昌男《やまぐちまさお》の『アフリカの神話的世界《しんわてきせかい》』という新書《しんしょ》を講読《こうどく》しているゼミでした。これが、いまだかつて出会《であ》ったことのない、まったくもって未知《みち》の世界《せかい》だったのです。

それこそギリシャ神話《しんわ》なら、そのまんま「ヒロイック・ファンタジー」が書《か》けそうだし、ケルトにしても「ケルトの黄昏《たそがれ》の民《たみ》の物語《ものがたり》」が書《か》けそうな感《かん》じがするのに、紹介《しょうかい》されていたアフリカの神話《しんわ》はトリックスターが主人公《しゅじんこう》。ジャッカルやウサギが出《で》てきて、キャラクターはおもしろいけれど、なにをやらかすのか予想《よそう》もつかず、感情移入《かんじょういにゅう》することさえできませんでした。

だから物語《ものがたり》としておもしろいかと言《い》われたら、ちょっと首《くび》をかしげてしまうのですが、それがかえって新鮮《しんせん》で、自分《じぶん》はアフリカのことをまるで知《し》らなかったんだなあと、カルチャーショックを受《う》けたのです。

古代《こだい》ローマのことなら、日本《にっぽん》にいたって、五賢帝《ごけんてい》のひとり、マルクス・アウレーリウス・アントニヌスの書《か》いた『自省録《じせいろく》』を読《よ》むことができる（当時《とうじ》、スタインベックの『エデンの東《ひがし》』にはまっていた私《わたし》は、登場人物《とうじょうじんぶつ》のひとりが愛読《あいどく》していた『自省録《じせいろく》』を自分《じぶん》でも読《よ》んでみたりしていたのでした）。でも、私《わたし》は、アフリカの王様《おうさま》の名前《なまえ》はひとりも知《し》らない……そのことに愕然《がくぜん》としたのです。ヨーロッパの歴史《れきし》は中学校《ちゅうがっこう》から学《まな》ぶのに、アジアやアフリカの歴史《れきし》は二《に》の次《つぎ》、三《さん》の次《つぎ》だなんて、なんて情報《じょうほう》がかたよっているのだろうと、そのときはじめて気《き》づいたのでした。

たとえば、日本《にっぽん》のことを「極東《きょくとう》」、きわめて東《ひがし》というけれど、それは、どこから見《み》て、きわめて東《ひがし》なのか。そういうことを考《かんが》えていた時期《じき》だったので、よけいにゆさぶられたのでしょう。

私《わたし》がまったく知《し》らなかった世界《せかい》。ものの見方《みかた》。そういう未知《みち》のものに心《こころ》を惹《ひ》かれ、私《わたし》は、文化人類学《ぶんかじんるいがく》を学《まな》ぶことにしたのです。

文化人類学《ぶんかじんるいがく》というのは「わが身《み》で経験《けいけん》せよ。」という学問《がくもん》で、同時代《どうじだい》に生《い》きている人々《ひとびと》の文化《ぶんか》をいかに考《かんが》え、いかに書《か》くかが問《と》われることになります。それもまた、私《わたし》にとっては魅力的《みりょくてき》でした。

私《わたし》が通《かよ》っていた立教大学《りっきょうだいがく》は、民俗学《みんぞくがく》と文化人類学《ぶんかじんるいがく》をともに学《まな》べるような環境《かんきょう》にありました。当時《とうじ》は民俗学《みんぞくがく》をやるにしろ、文化人類学《ぶんかじんるいがく》をやるにしろ、学部《がくぶ》の段階《だんかい》では、まずは日本《にっぽん》国内《こくない》を調査《ちょうさ》・研究《けんきゅう》することからはじめました。高名《こうめい》な文化人類学者《ぶんかじんるいがくしゃ》である先生方《せんせいがた》に、直《ちょく》接《せつ》、フィールドワークの方法《ほうほう》を教《おし》えてもらえたのはじつに幸《しあわ》せなことで、福島県《ふくしまけん》の上遠野《かとおの》村《むら》ではじめての調査実習《ちょうさじっしゅう》を行《おこな》ったのですけれど、そこで、『遠野物語《とおのものがたり》』のような語《かた》りを聞《き》くことができたのも、すばらしい思《おも》い出《で》です。

おばあちゃんたちが「キツネに追《お》いかけられた話《はなし》」なんかをしてくれるのですから、私《わたし》にしてみれば、子《こ》どものころ、おばあちゃんの膝《ひざ》で昔話《むかしばなし》を聞《き》いていたむかしにもどったような、なつかしいひとときをすごすことになりました。

「キツネがうしろから追《お》いかけてくるとさ。あぶらげ持《も》ってるとあぶなくて、峠《とうげ》に差《さ》しかかると、もさーって変《へん》な音《おと》がしてね。ふりかえると、もう、あぶらげないんだわ。」

なにに感動《かんどう》したって、この「もさーっ」に感動《かんどう》してしまったんですね。なにか得体《えたい》の知《し》れないもの、目《め》に見《み》えないものを言《い》い表《あらわ》そうとするときに、ふつうの表現《ひょうげん》とはちがう言《い》いかたがおばあちゃんたちの口《くち》をついて、ごく自然《しぜん》に出《で》てくるのがおもしろくて、これこそが生《い》きた言葉《ことば》、民俗誌《みんぞくし》を書《か》いていく醍醐味《だいごみ》だと思《おも》いました。

調査対象《ちょうさたいしょう》は生身《なまみ》の人間《にんげん》ですから、頭《あたま》で考《かんが》えた想定《そうてい》どおりにはいかないし、つねに変化《へんか》しつづけています。昨日《きのう》は白《しろ》だと言《い》ったことも、明日《あした》には黒《くろ》だと言《い》いだすかもしれない。文《ぶん》化人類学《かじんるいがく》というのは、つねに「これでわかったと思《おも》ったらいけない。」といういましめが心《こころ》の中《なか》にありつづける学問《がくもん》なのです。

すでに書《か》かれてしまった文献《ぶんけん》で歴史《れきし》を学《まな》ぶのではなく、いま、生《い》きている人間《にんげん》とふれあうことになる、それは、それまで本《ほん》の虫《むし》だった私《わたし》が苦手《にがて》としてきたところでした。

私《わたし》は一見《いっけん》、明《あか》るく、人《ひと》なつっこく見《み》えるようですが、じつは大変《たいへん》な人見知《ひとみし》りの臆病者《おくびょうもの》なのです。できることなら、家《いえ》にいて、慣《な》れた環境《かんきょう》の中《なか》で、温《あたた》かいミルクティでも飲《の》みながら暮《く》らしていたい。新《あたら》しい人間関係《にんげんかんけい》をつくるなんておそろしいし、めんどうくさい。

でも、それが自分《じぶん》をせまいところへとどめておこうとするマイナスの力《ちから》であることも、わかってはいたのです。

靴《くつ》ふきマットの上《うえ》から飛《と》びだして、ダイレクトに現実《げんじつ》にふれたいと思《おも》うのなら、文化人類学《ぶんかじんるいがく》はまさにうってつけでした。この学問《がくもん》を学《まな》ぼうと思《おも》ったとき、私《わたし》は自分《じぶん》で自分《じぶん》の背中《せなか》を、思《おも》いっきりけっとばしたのでした。

沖縄《おきなわ》のトロガイたち

文化人類学《ぶんかじんるいがく》を学《まな》ぶため、大学院《だいがくいん》へ進学《しんがく》した私《わたし》は、沖縄《おきなわ》の宮古島《みやこじま》や伊豆諸島《いずしょとう》の青ヶ島《あおがしま》に、修士論文《しゅうしろんぶん》を書《か》くための調査《ちょうさ》に行《い》きました。

「守《も》り人《びと》」シリーズの呪術師《じゅじゅつし》トロガイには、沖縄《おきなわ》で出会《であ》った、おばあたちのエキスが、たっぷり入《はい》っていると思《おも》います。

神通力《じんつうりき》を持《も》っていて巫女《みこ》になる女性《じょせい》と言《い》うと、ひとむかしまえの少女漫画《しょうじょまんが》なら、人身御供《ひとみごくう》にされそうな、はかなげな美女《びじょ》というイメージがあったと思《おも》うのですが、現実《げんじつ》のシャーマンは、ああいうファンタスティックな感《かん》じではありませんでした。

沖縄《おきなわ》のおばあたちはじつにパワフルで、お酒《さけ》も飲《の》むし、タバコも吸《す》う。ガラガラ声《ごえ》で「世《よ》の中《なか》のいろんなことは全部通《ぜんぶとお》りすぎてきたさあ。」なんて、ケラケラ笑《わら》ったりして、大《おお》らかで、たくましかった。

沖縄《おきなわ》の言葉《ことば》で「サーダカウマリ」というような、ほかの人《ひと》より魂《たましい》の力《ちから》が生《う》まれつき強《つよ》い人《ひと》がユタやカンカカリャーになるわけですが、そういう人《ひと》たちはけっして世間《せけん》からはなれているわけではなく、むしろ、世事《せじ》にくわしく、さまざまな経験《けいけん》をしてきた人《ひと》たちであるように思《おも》います。

そのせいか、おばあたちは、とにかくあったかかった。

私《わたし》が行《い》くと、まず「まあ、食《た》べれー」。

ゴーヤチャンプルーやら、へちま料理《りょうり》やらをどんどん出《だ》してくれます。

「あの〜、すみません。せっかくですが、さっき、おとなりで、たくさん食《た》べてきたばかりなので……。」、そう言《い》ってことわろうとしても「まあだ、若《わか》いんだから、入《はい》るさあ」。

結局《けっきょく》、調査《ちょうさ》で何軒《なんけん》も回《まわ》るうちに一日《にち》六食《しょく》くらい食《た》べることになるので、あっという間《ま》に体重《たいじゅう》が大変《たいへん》なことになってしまいました。

バスに乗《の》るといえば、「かわいそうに。こんな遠《とお》くまで来《き》て。バス代《だい》、出《だ》してあげるさあ」。

フィールドワークでは、出会《であ》った人《ひと》たちの懐《ふところ》にどんどん飛《と》びこんでいかなければなりません。人見知《ひとみし》りの私《わたし》は、おばあたちにあたたかく受《う》けいれてもらったことで、たくさんのことを教《おそ》わった気《き》がします。

私《わたし》の学部《がくぶ》のときの卒論《そつろん》のテーマは、お産《さん》についてでした。世界《せかい》じゅう、さまざまなところで、お産《さん》を血《ち》のけがれとする考《かんが》えかたがあって、命《いのち》を生《う》みだす大切《たいせつ》なものなのに、なぜだろうと不思議《ふしぎ》に思《おも》っていたからです。

実際《じっさい》に調《しら》べてみると、日本《にっぽん》では「別火《べっか》」といって、けがれをはらうために火《ひ》をわけなければいけないところがあちこちにありました。たとえば、「お別火暮《べっかぐ》らし」というのがあって、その習俗《しゅうぞく》があった地域《ちいき》では、女《おんな》の人《ひと》は、お産《さん》のときと生理《せいり》のときには、「他火小《たびご》屋《や》」に行《い》かなければなりませんでした。他火小屋《たびごや》には、いろんな年代《ねんだい》の女《おんな》の人《ひと》が集《あつ》まることになるので、そこで年若《としわか》い娘《むすめ》たちは、年上《としうえ》の女《おんな》たちからさまざまな女《おんな》の知識《ちしき》をしぜんに学《まな》ぶこともでき、女《おんな》ならではの愚痴《ぐち》の言《い》いあいもでき、身体《からだ》がきついときに畑仕事《はたけしごと》を休《やす》むことができたりして、いい面《めん》もあったけれど、血《ち》のけがれがかかると大変《たいへん》なことになるとおそれる気持《きも》ちもひじょうに強《つよ》くて、生活《せいかつ》のさまざまな面《めん》で大《おお》きな影響《えいきょう》もあったようです。

ある村《むら》で祭事《さいじ》をつかさどる「神役《しんやく》」の人《ひと》たちに話《はなし》をうかがっていたとき、他火小屋《たびごや》に行《い》く習慣《しゅうかん》があったからこそ、それとたずねなくても、けがれをさけることができたのに、その習慣《しゅうかん》がなくなってしまったいまとなっては、その家《いえ》の奥《おく》さんに「あなたはいま、生理《せいり》ですか。」あるいは「妊娠《にんしん》していますか。」とたずねるわけにもいかず、けがれがうつるといけないので、よその家《いえ》の奥《おく》さんが出《だ》してくれるお茶《ちゃ》が飲《の》みづらくなってしまったといっておられたのを聞《き》いて、なるほどなあ、と思《おも》ったものです。

お葬式《そうしき》から帰《かえ》ると、おきよめの塩《しお》をまいてから、家《いえ》に入《はい》りますね。あれは、お葬式《そうしき》に行《い》ったから、ということもありますが、参列《さんれつ》した人《ひと》たちが同《おな》じ火《ひ》を使《つか》ったものを食《た》べたから、ということとも関《かか》わっているのです。火《ひ》はけがれをうつすと考《かんが》えられているのですね。そういう考《かんが》えかたがあったからこそ、けがれている人《ひと》とは煮炊《にた》きの火《ひ》をわける「別火《べっか》」という習俗《しゅうぞく》も生《う》まれたのでしょう。

ところが沖縄《おきなわ》の宮古島《みやこじま》のおばあたちに「生理中《せいりちゅう》は、うがんしちゃ（御嶽《うたき》に入《はい》って拝《おが》んだら）ダメですかね。」とたずねても「だれが生理《せいり》か、わからんでしょう。女《おんな》はみんな、生《せい》理《り》になるし。」と、そんなことは気《き》にもしていませんでした。

それどころか、血《ち》がしたたるような豚肉《ぶたにく》を、道切《みちき》り縄《なわ》（村《むら》と村《むら》の境《さかい》にある、神様《かみさま》をまつってあるところ）につるしたりして、むしろ血《ち》が魔除《まよ》けになったり、生命力《せいめいりょく》をあらわしているような独特《どくとく》の習俗《しゅうぞく》がいくつかあったのです。お産《さん》と火《ひ》についての考《かんが》えかたも、沖縄《おきなわ》だと反対《はんたい》に、地炉《ちろ》といって、火《ひ》を産婦《さんぷ》のところで焚《た》かなければいけなかったりする。それがむしろ、魔除《まよ》けになるというお話《はなし》もあったりして、そういうちがいもおもしろくて「女《じょ》性《せい》とけがれと火《ひ》の関係《かんけい》」を調《しら》べてまわりました。

人《ひと》はどうも、むかしから、「火《ひ》は、時《とき》と場《ば》をつくる。」と感《かん》じていたようですね。典型的《てんけいてき》なのが、オリンピックの聖火《せいか》。聖火《せいか》が燃《も》えはじめた瞬間《しゅんかん》に、オリンピックという神聖《しんせい》な時《とき》がはじまり、消《け》すことによって、それが象徴的《しょうちょうてき》に終《お》わります。

日本《にっぽん》でも、お焚《た》き上《あ》げでお正月《しょうがつ》のものをすべて燃《も》やしたりしますよね。お飾《かざ》りなどを燃《も》やすことで、正月《しょうがつ》が終《お》わったことを感《かん》じることができる。

また、同《おな》じ釜《かま》の飯《めし》を食《く》う、という言葉《ことば》がありますけれど、いっしょに火《ひ》を囲《かこ》む人々《ひとびと》とのあいだには、大切《たいせつ》なきずなが生《う》まれたりします。

そんなふうに火《ひ》が象徴《しょうちょう》するものがいろいろあることに気《き》がついて、それを調《しら》べていったのですが、そうするとふだんの生活《せいかつ》で当《あ》たり前《まえ》だと思《おも》っていることの奥《おく》に、じつは、いろんな歴史《れきし》や背景《はいけい》があることがわかってきます。

人《ひと》によって、いろんな調《しら》べかたがあると思《おも》うのですが、私《わたし》の場合《ばあい》は、あるひとつの村《むら》に入《はい》って、お産《さん》とそれに関《かか》わる習俗《しゅうぞく》をどんどん聞《き》きだしていきました。おじいちゃんおばあちゃんはむかしのことをよく知《し》っているけれど、じゃあ、若《わか》い人《ひと》はどういうふうに意識《いしき》が変《か》わっているのだろう。その変化《へんか》に興味《きょうみ》があったからです。

文化人類学《ぶんかじんるいがく》の用語《ようご》に「文化変化《ぶんかへんか》」あるいは「文化変容《ぶんかへんよう》」という言葉《ことば》があるのですが、生《い》きていれば変化《へんか》せざるをえないこともあるだろうし、そのほうが生《い》きやすい場合《ばあい》だってあるはずです。そういう取捨選択《しゅしゃせんたく》をどのように行《おこな》ってきたのだろう。それはまさに、これまでとこれからをわける境界線《きょうかいせん》をさぐる作業《さぎょう》になるわけですが、調査《ちょうさ》の地《ち》をオーストラリアに転換《てんかん》してからも、そのことはつねに、私《わたし》にとっては大《おお》きな関心《かんしん》があることでした。

私《わたし》は、生活誌《せいかつし》を調査《ちょうさ》の方法《ほうほう》として使《つか》ってきたのですが、それは、多《おお》くの人々《ひとびと》のライフストーリーをじっくりと聞《き》きとっていくことからはじまります。

ひとりの人間《にんげん》が背負《せお》っているものは、ひじょうに深《ふか》くて広《ひろ》い。そして、ある社会《しゃかい》で生《う》まれて、生《い》きてきたなかで、周囲《しゅうい》のさまざまなことと関《かか》わりながら「自分《じぶん》」が形成《けいせい》されていく。そういう意味《いみ》では、個性《こせい》はそれぞれあれど、人《ひと》は必《かなら》ず、周囲《しゅうい》とどこか深《ふか》く関《かか》わる、いわば、生《い》きている世界《せかい》を凝縮《ぎょうしゅく》した「場《ば》」でもある、と思《おも》うのです。そして、その人《ひと》のさまざまなことが、社会《しゃかい》の変化《へんか》に影響《えいきょう》されて（あるいは、その人自身《ひとじしん》の行動《こうどう》が、社会《しゃかい》の変化《へんか》に影響《えいきょう》を与《あた》えて）いく。

そこを掘《ほ》りさげていくのが私《わたし》にとっては調査《ちょうさ》の醍醐味《だいごみ》でした。物語《ものがたり》を書《か》くうえでも、そういうふうにひとつの「場《ば》」として人物《じんぶつ》を見《み》るくせができてしまっているのかもしれません。

アボリジニたち

さかのぼって考《かんが》えてみると、オーストラリアの先住民《せんじゅうみん》であるアボリジニを、私《わたし》がはじめて目《め》にしたのは、子《こ》どものころに愛読《あいどく》していた学研《がっけん》の『科学《かがく》』と『学習《がくしゅう》』でした。砂漠《さばく》の中《なか》で槍《やり》を持《も》って立《た》っている、やせほそった、細《ほそ》い針《はり》のようなおじいさんたちが出《で》てきたのです。

アボリジニの第一印象《だいいちいんしょう》は、正直《しょうじき》に言《い》って、あまりよくありませんでした。槍《やり》を持《も》った、ほとんどすっぱだかで立《た》っているおじいさんたちは、なんだかこわそうだったからです。

中学生《ちゅうがくせい》のころに読《よ》んだ『ラッグズ！　ぼくらはいつもいっしょだ』という児童文学《じどうぶんがく》にも、なんともいえずこわい人《ひと》たちが出《で》てきて、これがまたアボリジニの人《ひと》たちでした。

オーストラリアの大《おお》きな牧場《ぼくじょう》を舞台《ぶたい》にした、下働《したばたら》きの白人《はくじん》の少年《しょうねん》と拾《ひろ》われた子犬《こいぬ》の物語《ものがたり》の中《なか》で、彼《かれ》らは牧場主《ぼくじょうぬし》に命《めい》じられて、子犬《こいぬ》を川《かわ》に無言《むごん》で捨《す》てにいくのです。

いま思《おも》うと、白人《はくじん》たちの生活圏《せいかつけん》である牧場《ぼくじょう》で、牧童《ぼくどう》として働《はたら》きながら、聖地《せいち》の儀礼《ぎれい》も行《おこな》い、独特《どくとく》の生活《せいかつ》をしていた当時《とうじ》のアボリジニの姿《すがた》が意外《いがい》にしっかりとえがかれていた本《ほん》で、当時《とうじ》はまったく意識《いしき》していなかったけれど、あれが、私《わたし》にとってはじめて読《よ》んだアボリジニが登場《とうじょう》してくる物語《ものがたり》でした。あのころは、まさか自分《じぶん》が、のちに、こういう牧童《ぼくどう》として働《はたら》いていたアボリジニたちと親《した》しくなり、その当時《とうじ》の話《はなし》を聞《き》き書《が》きするようになるとは、夢《ゆめ》にも思《おも》いませんでした。

博士課程《はくしかてい》に進《すす》んで、調査対象《ちょうさたいしょう》を選《えら》ぶことになったとき、最初《さいしょ》に頭《あたま》に浮《う》かんだのはケルトでした。

ケルトですよ、ケルト。イギリス児童文学《じどうぶんがく》が好《す》きなら、その理由《りゆう》は明白《めいはく》でしょう。ウェールズかアイルランドに行《い》って調査《ちょうさ》ができたらすてきだな、と、わくわくしていたのでした。ところが博士課程《はくしかてい》の指導教授《しどうきょうじゅ》から、調査地《ちょうさち》はオセアニアにしたほうがいい、というアドバイスをいただいたのです。

指導教授《しどうきょうじゅ》の専門領域《せんもんりょういき》はオセアニアでしたから、どのような先行研究《せんこうけんきゅう》があり、どんなことがいま注目《ちゅうもく》されているかなどを指導《しどう》していただくには、やはり、同《おな》じ地域《ちいき》を自分《じぶん》の調査地《ちょうさち》域《いき》とするのが望《のぞ》ましいと教《おし》えていただき、ああ、そのとおりだ、と納得《なっとく》したのでした。

納得《なっとく》はしたのですが、さて、どうしよう。ニュージーランドのマオリなんか、かっこいいなぁ。戦士《せんし》だしなぁ。でも、すでに先輩《せんぱい》がやっているしなぁ。できれば英語圏《えいごけん》がいいよなぁ。下手《へた》なところを選《えら》ぶと、フランス語《ご》をやらなきゃならないし……。

そのときに、ふっと思《おも》いだしたのが、パトリシア・ライトソンの『星《ほし》に叫《さけ》ぶ岩《いわ》ナルガン』でした。イギリス人《じん》のトールキンがヨーロッパの文化《ぶんか》を土台《どだい》に『指輪物語《ゆびわものがたり》』を書《か》いたように、パトリシア・ライトソンは、オーストラリア人《じん》のアイデンティティでファンタジーを書《か》きたいと考《かんが》えていた人《ひと》で、オーストラリアの砂漠《さばく》にすむ赤《あか》い精霊《せいれい》たちは、ケルトの妖精《ようせい》とはちがう、オーストラリアの先住民《せんじゅうみん》アボリジニたちの文化《ぶんか》だから「自分《じぶん》はそれを使《つか》って、ファンタジーをえがきたい。」と『星《ほし》に叫《さけ》ぶ岩《いわ》ナルガン』を書《か》いたのです。

アボリジニについて学《まな》ぶ研究者《けんきゅうしゃ》となったいま、彼女《かのじょ》の作品《さくひん》を読《よ》みなおすと、オーストラリアの白人《はくじん》がアボリジニの精霊《せいれい》を使《つか》って物語《ものがたり》を書《か》くむずかしさや問題点《もんだいてん》がたくさんあるのですが、あの当時《とうじ》の私《わたし》には、目《め》に見《み》えぬものを想像《そうぞう》して感《かん》じる力《ちから》、しかもそれがこの世界《せかい》の森羅万象《しんらばんしょう》に関《かか》わっているという精霊《せいれい》のありかたには、心惹《こころひ》かれるものがあったのです。

大学生《だいがくせい》のころ読《よ》んだピエール・クラストルの『国家《こっか》に抗《こう》する社会《しゃかい》―政治人類学研究《せいじじんるいがくけんきゅう》』が、そんな私《わたし》の背中《せなか》をもうひと押《お》ししてくれました。

この本《ほん》では、なぜ戦争《せんそう》がなくならないのかを考察《こうさつ》しているのですが、その理由《りゆう》として人《じん》口《こう》をあげていました。人口《じんこう》が多《おお》い社会《しゃかい》が、帝国主義《ていこくしゅぎ》を行《おこな》い、植民地《しょくみんち》をつくり、巨大《きょだい》な国家《こっか》をつくっていく一方《いっぽう》で、アボリジニのように、広大《こうだい》な砂漠《さばく》の中《なか》で少人数《しょうにんずう》で暮《く》らしていると、いちばん大切《たいせつ》なことは「いかに調和《ちょうわ》を保《たも》つか。」になる。

なるほど、社会《しゃかい》の規模《きぼ》が、目指《めざ》す方向性《ほうこうせい》を逆向《ぎゃくむ》きにすることもあるのかもしれない、おもしろいな、と、思《おも》ったのでした。

そして、白人社会《はくじんしゃかい》と真逆《まぎゃく》の価値観《かちかん》を持《も》っているかもしれぬアボリジニたちが、オーストラリアという白人《はくじん》が作《つく》りあげた国家《こっか》の中《なか》でどう生《い》きてきたのかを知《し》りたくなったのです。

しかし、学《まな》びたい、と言《い》っても、どうやってアボリジニに接触《せっしょく》したらよいのか、それがわかりませんでした。もんもんとなやみながら、キャンパスを歩《ある》いていたとき、一枚《まい》のポスターが目《め》に飛《と》びこんできました。

異文化《いぶんか》の中《なか》で、日本文化《にほんぶんか》を教《おし》えてみませんか

それはインターナショナル・インターンシップ・プログラムの広告《こうこく》でした。世界各地《せかいかくち》に出《で》ていって、現地《げんち》の小学校《しょうがっこう》もしくは中学校《ちゅうがっこう》に、三か月間《げっかん》、ボランティアの先生《せんせい》として赴任《ふにん》して日本語《にほんご》や日本文化《にほんぶんか》を教《おし》えるというものでした。ボランティアだからお給料《きゅうりょう》は出《で》ないし、こちらが参加費《さんかひ》を支払《しはら》うことになるのだけれど、その代《か》わり、ふつうのホームステイとはひと味《あじ》ちがう、職業体験《しょくぎょうたいけん》をさせてもらえるというのです。

「これだ！」と思《おも》って、そのプログラムに申《もう》しこみにいったとき、思《おも》いきってこう切《き》りだしてみたのです。

「お願《ねが》いがあります。アボリジニのいる小学校《しょうがっこう》に派遣《はけん》してもらえないでしょうか。」

そうしたら、なんと、一校《こう》だけアボリジニの生徒《せいと》がいる小学校《しょうがっこう》が募集《ぼしゅう》をしていたのです。

それが、西《にし》オーストラリア州《しゅう》のミンゲニューという小《ちい》さな田舎町《いなかまち》にある小学校《しょうがっこう》で、そこが私《わたし》のフィールドワークのはじまりの地《ち》になったのでした。

一九九〇年《ねん》、私《わたし》が大学院《だいがくいん》の博士課程《はくしかてい》に在学中《ざいがくちゅう》の、二十八歳《さい》のときです。

オーストラリアに行《い》くことも、このときがはじめてでした。

ミンゲニューは、パースから約《やく》四五〇キロ。

麦畑《むぎばたけ》とブッシュの中《なか》を、車《くるま》で走《はし》って、走《はし》って、着《つ》いたら、目抜《めぬ》き通《どお》りは一本《ぽん》だけ。

そこにはお店《みせ》が一軒《けん》、郵便局《ゆうびんきょく》が一軒《けん》、銀行《ぎんこう》が一軒《けん》、そして、長距離《ちょうきょり》トラックの運転手《うんてんしゅ》などが泊《と》まるホテルが一軒《けん》あるだけでした。

小学校《しょうがっこう》は町《まち》にふたつ。

ひとつが公立《こうりつ》。ひとつがキリスト教《きょう》の私立《しりつ》の小学校《しょうがっこう》で、全校生徒《ぜんこうせいと》は十一人《にん》しかいません。

そのセント・ジョセフ小学校《しょうがっこう》が私《わたし》の赴任先《ふにんさき》でした。

校長先生《こうちょうせんせい》のパムさんと歩《ある》いていたら、子《こ》どもたちがワッと集《あつ》まってきました。

みんな、はだしで、好奇心《こうきしん》いっぱいの目《め》でこっちを見《み》ています。

「この人《ひと》が、これから先生《せんせい》になるのよ。握手《あくしゅ》しなさい。」と言《い》われて、子《こ》どもたちと初《はじ》めましての握手《あくしゅ》をしたのですが、みんな、よく日《ひ》に焼《や》けた白人《はくじん》に見《み》えました。

「あの中《なか》にもアボリジニの子《こ》どもたちがいたのよ。」と言《い》われても、どの子《こ》がアボリジニなのかも、わからなかったのです。会《あ》えば、ひと目《め》でわかるはずと思《おも》っていたので、それは衝撃《しょうげき》の幕開《まくあ》けでした。ローラという私《わたし》がはじめて親《した》しくなったアボリジニの女性《じょせい》も、この小学校《しょうがっこう》に通《かよ》うアボリジニの子《こ》どものお母《かあ》さんだったのです。

私《わたし》は、彼女《かのじょ》に、自分《じぶん》がなぜここにやってきたのかを打《う》ち明《あ》けて、ぜひ話《はなし》を聞《き》かせてほしいとお願《ねが》いしました。やがて彼女《かのじょ》は私《わたし》の大切《たいせつ》な友人《ゆうじん》となり、長《なが》く私《わたし》をささえてくれることになりましたが、さいしょはフィールドワークといっても、そうやって声《こえ》をかけては、また別《べつ》の人《ひと》を紹介《しょうかい》してもらう、その連続《れんぞく》で、このやりかたで正《ただ》しいのか、ほかのやりかたがあるのかもわかりませんでした。まさにすべてが手《て》さぐりだったのです。

アボリジニの人《ひと》たちは、よく「ケアリング&《アンド》シェアリング」といいます。相手《あいて》を思《おも》いやり、世話《せわ》をしたり、なにかをわかちあったりすること。自分個人《じぶんこじん》の財産《ざいさん》を持《も》たず、私《わたし》のものはあなたのもの、あなたのものは私《わたし》のものと考《かんが》える。

狩猟採集民《しゅりょうさいしゅうみん》にはよくある考《かんが》えかたではあるのですが、彼《かれ》らはそれをいまでも思《おも》いがけないところで行動《こうどう》に移《うつ》していたりするのです。

たとえば、ジェラルトンという港町《みなとまち》の公立小学校《こうりつしょうがっこう》で、先生方《せんせいがた》に「白人《はくじん》の子《こ》どもを教《おし》えるのと、アボリジニの子《こ》どもを教《おし》えるのでは、どんなところにちがいを感《かん》じますか。」とアンケートをとり、個別《こべつ》にインタビューもさせてもらったところ「カンニングをするのはアボリジニの子《こ》が圧倒的《あっとうてき》に多《おお》い。」という話《はなし》が出《で》てきました。

さいしょは人種差別《じんしゅさべつ》か、偏見《へんけん》かと思《おも》ったら、どうもそうではないらしい。

「ねえ、テストのとき、カンニングしたりすることある?」と、アボリジニの子《こ》どもらに聞《き》いてみると、彼《かれ》らは、あっさり、あるよ、と笑《わら》うではありませんか。

最初《さいしょ》に赴任《ふにん》したミンゲニューのセント・ジョセフ小学校《しょうがっこう》にて。わんぱくなおチビたちと。

「俺《おれ》は解答《かいとう》がわかった。でもとなりにすわっているいとこはわからなかった。シェアしなければ、欲張《よくば》りな、ややつじゃん。」

つまりチビたちいわく、これもケア&《アンド》シェアなのだと。

「俺《おれ》がいい点《てん》をとることはそれほど大事《だいじ》じゃない。それよりも教《おし》えて、いっしょに同《おな》じ点《てん》をとったほうがいいじゃないか。」

なるほどね、と納得《なっとく》しそうになるのをこらえて「でもそうしたらとなりの子《こ》は、勉強《べんきょう》しなくなっちゃうよね。」と言《い》ったら、彼《かれ》は言《い》うのです。

「彼《かれ》は彼《かれ》で、ほかに得意《とくい》なことがあるから、いいんだ。」

アボリジニの子《こ》どもが、みな同《おな》じように考《かんが》えているというわけではありませんけれど、でも、この答《こた》えは、私《わたし》の心《こころ》にひびきました。

ピエール・クラストルが『国家《こっか》に抗《こう》する社会《しゃかい》』の中《なか》で「広大《こうだい》な砂漠《さばく》の中《なか》で、少人数《しょうにんずう》で暮《く》らしていると、いちばん大切《たいせつ》なことは『いかに調和《ちょうわ》を保《たも》つか』になる。」と言《い》っていたことに、つながるような、心《こころ》のありかた。

競争《きょうそう》し、他者《たしゃ》に勝《まさ》ることが賞賛《しょうさん》される私《わたし》たちの社会《しゃかい》の常識《じょうしき》からすると、意表《いひょう》をつかれる回答《かいとう》に面《めん》くらいながらも、悪《わる》びれることのない彼《かれ》らの言《い》い分《ぶん》に、一本《いっぽん》とられたような気《き》がしたのです。

ふたつの世界《せかい》のはざまに生《い》きる

オーストラリアにフィールドワークに行《い》くようになって間《ま》もないころ、日本《にっぽん》の老人《ろうじん》ホームみたいなところをたずねたときのことです。

アボリジニのおばあちゃんに、沖縄《おきなわ》のおばあに聞《き》くみたいに「あなたの知《し》ってる伝統文《でんとうぶん》化《か》について教《おし》えてください。」と無邪気《むじゃき》に質問《しつもん》して、おこられたことがあるんです。「そんなの知《し》るわけないじゃないの！ なんで私《わたし》にそんなこと聞《き》きにきたのよ。」

ほかのおばあちゃんにも「はあ？」という顔《かお》をされて「私《わたし》は英語《えいご》しか知《し》らないわよ。部《ぶ》族《ぞく》の言葉《ことば》なんて知《し》らないし、自分《じぶん》がどこの部族《ぶぞく》かなんて知《し》らないわよ。」と言《い》われました。

そう言《い》われても、さいしょは言《い》われたことの意味《いみ》がよくわからなくて、どうしよう、せっかくオーストラリアに来《き》て、アボリジニに会《あ》えたと思《おも》ったのに、こまったなあ、異文《いぶん》化《か》なんてもう、ここにはないのかもしれない……と、とまどい、落《お》ちこんでしまいました。

いまになれば、本当《ほんとう》にばかだったなあと思《おも》うのですが、それまで私《わたし》の中《なか》には、アボリジニというのは「自然《しぜん》とともに生《い》きてきた人《ひと》たち」であり「植民地政策《しょくみんちせいさく》にしいたげられてきたかわいそうな人《ひと》たち」というステロタイプな先入観《せんにゅうかん》があって、まあ、なんというか、しょうもない義憤《ぎふん》を感《かん》じてオーストラリアに行《い》ったわけですが、あなた、わかっているね、と思《おも》ってもらえるどころか、ぴしゃりと門前払《もんぜんばら》いをくらってしまったというわけです。

でも、そこではじめて気《き》がついたのです。いま、出会《であ》っているこの人《ひと》たちこそが、「現実《げんじつ》のアボリジニ」であるということに。

アボリジニは、「調査《ちょうさ》される」ことに対《たい》して、とても意識的《いしきてき》で、多《おお》くの考《かんが》えを持《も》っている人《ひと》たちでした。

沖縄《おきなわ》や青ケ島《あおがしま》で調査《ちょうさ》したときとは、その点《てん》がまったくちがっていたのです。

アボリジニは、他者《たしゃ》が作《つく》りあげたイメージに翻弄《ほんろう》されてきた人々《ひとびと》です。こういう存在《そんざい》だ、と他者《たしゃ》から語《かた》られ、えがかれて、そのイメージにしばられる。そういう苦《くる》しみを生々《なまなま》しく味《あじ》わいつづけてきた人《ひと》たちですから、「調査《ちょうさ》」そのものに、するどく反応《はんのう》する気持《きも》ちを持《も》っていたのでした。

オーストラリアには、さまざまな出自《しゅつじ》を持《も》つ人々《ひとびと》が「オーストラリア人《じん》」として暮《く》らしています。もっとも古《ふる》くからこの大陸《たいりく》に暮《く》らしていた先住民《せんじゅうみん》であるアボリジニ。約《やく》二百年《ねん》まえに入植《にゅうしょく》してきて、オーストラリアという国《くに》をつくったイギリス系《けい》の人々《ひとびと》、その後《ご》、世《せ》界各地《かいかくち》から移住《いじゅう》してきたさまざまな人々《ひとびと》が、ひとつの社会《しゃかい》の中《なか》で暮《く》らしているのです。

いま、オーストラリアは多文化主義《たぶんかしゅぎ》をかかげ、日本《にっぽん》などとは比《くら》べものにならないくらい、それぞれの文化《ぶんか》を尊重《そんちょう》しています。私《わたし》は、他者《たしゃ》とよく共存《きょうそん》しようとしている彼《かれ》らの考《かんが》えかたを、深《ふか》く尊敬《そんけい》しています。

いまの、その姿勢《しせい》の背景《はいけい》には、過去《かこ》に行《おこな》われてきた政治《せいじ》への反省《はんせい》もあるのでしょう。かつて、まだ白豪主義《はくごうしゅぎ》をとっていたころ、アボリジニはさまざまな迫害《はくがい》を受《う》けました。たとえば、同化政策《どうかせいさく》。アボリジニを白人《はくじん》と同《おな》じように暮《く》らさせようとした政策《せいさく》で、一見同等《いっけんどうとう》にあつかうための政策《せいさく》に見《み》えますが、これは、「アボリジニらしさ」を消《け》しさり、白人《はくじん》と同《おな》じような存在《そんざい》にしてしまえば問題《もんだい》は消《き》えさると考《かんが》える、とても一方的《いっぽうてき》な政策《せいさく》だったのです。

ちがいを消《け》していく政策《せいさく》のもとで、強制的《きょうせいてき》に自分《じぶん》たちの文化《ぶんか》や言葉《ことば》をうばわれてしまった人《ひと》たちと、私《わたし》は、出会《であ》っていくことになりました。

ふりかえると、デビュー作《さく》の『精霊《せいれい》の木《き》』は、オーストラリアに行《い》くまえの年《とし》、まだ沖縄《おきなわ》でのフィールドワーク体験《たいけん》しかなかったころに出版《しゅっぱん》したものなので、あのころの若《わか》く、青《あお》い私《わたし》の思《おも》いがあふれていました。

かがやかしい、勇気《ゆうき》と熱意《ねつい》の大航海時代《だいこうかいじだい》。新大陸《しんたいりく》の発見《はっけん》！　――けれども、その〈発見《はっけん》された〉人《ひと》びとが、どれだけ悲惨《ひさん》な歴史《れきし》をたどったか。いまもなお、どんなにくるしい状況《じょうきょう》の中《なか》にいるかを知《し》っている人《ひと》は、おおくはないでしょう。

ヤッホーと槍《やり》をふりあげ、駅馬車《えきばしゃ》をおそうインディアンを、正義《せいぎ》の騎兵隊《きへいたい》が退治《たいじ》する西部劇《せいぶげき》が、世界《せかい》じゅうの人《ひと》びとにうえつけたイメージのなんと強力《きょうりょく》なこと！

本当《ほんとう》の歴史《れきし》を知《し》った人《ひと》ならきっと、そんな映画《えいが》をつくれる人《ひと》の心《こころ》に、いいしれぬ恐怖《きょうふ》を感《かん》じるでしょう。

わたしはずっと、そういうふうに、事実《じじつ》とはちがう色《いろ》あいにぬりこめられた歴史《れきし》をあばく物語《ものがたり》を書《か》きたいと思《おも》っていました。異文化《いぶんか》を理解《りかい》しようとしない人《ひと》びとに〈野蛮人《やばんじん》〉とののしられてきた人《ひと》たちに、大活躍《だいかつやく》をさせてあげたいとも思《おも》いつづけていました。

それらが、現代《げんだい》のなりふりかまわぬ開発競争《かいはつきょうそう》への不安《ふあん》（このままいけば、宇宙《うちゅう》でも、はためいわくな植民地開拓《しょくみんちかいたく》をするにちがいない！）とむすびついて生《う》まれたのが、この『精霊《せいれい》の木《き》』という物語《ものがたり》なのです。

——『精霊《せいれい》の木《き》』初版《しょはん》あとがき（偕成社《かいせいしゃ》）

実際《じっさい》に彼《かれ》らの中《なか》に入《はい》ってみると、ひとくくりにアボリジニといっても、生活状況《せいかつじょうきょう》も文化《ぶんか》状況《じょうきょう》もじつにさまざまであることがわかってきました。

白人社会《はくじんしゃかい》のなかでごくしぜんに日常生活《にちじょうせいかつ》を送《おく》っている人《ひと》たちもいれば、いまでも伝統文《でんとうぶん》化《か》を守《まも》りつづけている人《ひと》たちもいて、同《おな》じ親類縁者《しんるいえんじゃ》なのに考《かんが》えかたや価値観《かちかん》がちがっていたりすることもあり、そのせいで、苦労《くろう》している人《ひと》たちもいました。

私《わたし》がはじめて親《した》しくなったアボリジニの女性《じょせい》、ローラもそんなひとりでした。彼女《かのじょ》は大《だい》学《がく》の通信教育《つうしんきょういく》を受《う》けて小学校《しょうがっこう》の先生《せんせい》になった人《ひと》ですが、ときどき、そういう白人社会《はくじんしゃかい》での暮《く》らしと、アボリジニ社会《しゃかい》の伝統的《でんとうてき》な暮《く》らしかたのはざまで苦《くる》しむことがありました。たとえば、この地域《ちいき》のアボリジニ、ヤマジーにとっては、お葬式《そうしき》はとても大切《たいせつ》なもので、たとえ遠《とお》い親族《しんぞく》でも、葬儀《そうぎ》に参列《さんれつ》しないと、ひじょうに礼《れい》を失《しっ》することになってしまいます。でも、親族《しんぞく》の数《かず》がものすごく多《おお》いので、葬儀《そうぎ》は、かなりひんぱんにあり、しかも、何《なん》百《びゃっ》キロもはなれたところに住《す》んでいた人《ひと》がなくなったりすれば、そこまでかけつけねばなりません。

小学校《しょうがっこう》の先生《せんせい》として授業《じゅぎょう》や会議《かいぎ》に参加《さんか》しなければならない一方《いっぽう》で、親類縁者《しんるいえんじゃ》すべての葬《そう》儀《ぎ》に必《かなら》ず行《い》かねばならないとなると、身体《からだ》がふたつなければ無理《むり》、ということもあるわけです。

外側《そとがわ》から「伝統文化《でんとうぶんか》は大切《たいせつ》に守《まも》るべきだ。」と言《い》うのはかんたんです。でも、文化《ぶんか》というのは日常《にちじょう》の暮《く》らしと深《ふか》く関《かか》わっているもので、ふたつの世間《せけん》のあいだにいれば、どうしても、どちらかが立《た》たないで苦《くる》しむ、ということも起《お》こるのです。「アボリジニはアボリジニらしく。」と言《い》うのはかんたんですが、でも、その「らしさ」はいったいだれのための「らしさ」なのか。

もし日本人《にほんじん》の私《わたし》が「アボリジニのような生活《せいかつ》をしたい。」と言《い》ったとしても「物好《ものず》きですね。」と笑《わら》われながらも「自然《しぜん》に惹《ひ》かれたのですか。」と言《い》ってもらえるかもしれない。少《すく》なくとも、そうしたからといって「日本人《にほんじん》であることを捨《す》てたのですか。」と非難《ひなん》されることはないでしょう。

でもアボリジニのようなマイノリティの人《ひと》たちは、伝統文化《でんとうぶんか》を守《まも》ることをやめて、いまの自分《じぶん》に合《あ》った生活《せいかつ》に変《か》わろうとすると、マジョリティからは「先住民《せんじゅうみん》、先住民《せんじゅうみん》とえらそうに言《い》うが、じつは、彼《かれ》らはもう白人《はくじん》と同《おな》じなんだよ。」と言《い》われたりする。そして、同《おな》じアボリジニの人《ひと》たちから「おまえはアボリジニらしさを捨《す》てるのか。」と言《い》われてしまうこともある。

伝統文化《でんとうぶんか》を守《まも》ることのたいせつさを否定《ひてい》はしないけれど、その人自身《ひとじしん》がそうありたいと望《のぞ》む方向《ほうこう》に行《い》かせてもらえないとしたら、それは、苦《くる》しいものです。なぜ、そうなってしまうのか、考《かんが》えなければならない問題《もんだい》が、そこにあるように思《おも》います。

その先《さき》を生《い》きていくためになにをどう選択《せんたく》していったらいいのだろう。

私《わたし》は、「伝統文化《でんとうぶんか》」と「いまの生活《せいかつ》」、ふたつの価値観《かちかん》のはざまに立《た》たされて生《い》きていかなくてはならない人《ひと》たちの葛藤《かっとう》を、しだいに肌《はだ》で感《かん》じるようになっていったのでした。


そういうことを経験《けいけん》してから書《か》いたのが、一九九一年《ねん》に出《だ》した二作目《さくめ》の『月《つき》の森《もり》に、カミよ眠《ねむ》れ』です。

フィールドワークでの衝撃《しょうげき》が大《おお》きかったせいか、ずいぶん、暗《くら》く重《おも》い話《はなし》になってしまったような気《き》がします。


「うごくな！」

大地《だいち》がゆれた。ナガタチの髪《かみ》が、はげしい怒《いか》りにさかだっていた。大《おお》きな目《め》がぎらぎらと光《ひか》り、ナガタチの体《からだ》からふきあがった力《ちから》が、男《おとこ》たちをなぎたおした。

「オニだと？　オニをたおしただと？」

たいまつの炎《ほのお》に浮《う》かびあがったその姿《すがた》こそ、オニそのものだった。

「おまえたちは、カミを殺《ころ》したのだ。カミと戦《たたか》って殺《ころ》したのだ。わすれるな。おまえたちは、か、か、か、カミをその手で殺したのだ、い、い、い！」

――『月《つき》の森《もり》に、カミよ眠《ねむ》れ』（偕成社文庫《かいせいしゃぶんこ》）

デビュー作《さく》の『精霊《せいれい》の木《き》』でほろびゆく種族《しゅぞく》と彼《かれ》らのカミである精霊《せいれい》を守《まも》りつたえる物語《ものがたり》を書《か》いたのに、まるでベクトルが真逆《まぎゃく》の、カミをほろぼす話《はなし》を書《か》いたのは、人《ひと》の歴史《れきし》というのは、その先《さき》を生《い》きるために、それまで守《まも》ってきたものをあきらめたり、捨《す》てたりすることをくりかえしてきたのではないかと思《おも》ったからです。

高校生《こうこうせい》のときに読《よ》んだ『イシ―二つの世界《せかい》に生《い》きたインディアンの物語《ものがたり》』という本《ほん》があ

ります。この本《ほん》の著者《ちょしゃ》シオドーラ・クローバーは、あの『ゲド戦記《せんき》』を書《か》いたル＝グウィンのお母《かあ》さんです。ちなみにル＝グウィンのお父《とう》さんのアルフレッド・クローバーは有名《ゆうめい》な文化人類学者《ぶんかじんるいがくしゃ》でした。

『イシ〜』は、ヤヒ族《ぞく》の最後《さいご》のひとりになってしまったインディアンの物語《ものがたり》で、彼《かれ》の言葉《ことば》をしゃべる人《ひと》は、世界《せかい》じゅうさがしても、もはや彼《かれ》ひとりしかいない。物語《ものがたり》はイシが白人《はくじん》の街《まち》に出《で》ていくところで終《お》わるのですが、その場面《ばめん》がいまでもわすれられません。

自分《じぶん》の伝統文化《でんとうぶんか》を守《まも》って、ずっとひとりぼっちで生《い》きろとだれが言《い》えるでしょう。

ふたつの世界《せかい》で生《い》きていくということはけっしてラクなことではないし、スパッとわりきれるほど、単純《たんじゅん》な話《はなし》でもありません。

あれからオーストラリアを何度《なんど》もおとずれ、たくさんのアボリジニの人《ひと》たちと出会《であ》うなかで感《かん》じたその実感《じっかん》があったからこそ、『精霊《せいれい》の守《も》り人《びと》』はあのような世界観《せかいかん》になったのだと思《おも》います。サグとナユグ、ふたつの世界《せかい》のはざまにあって、異世界《いせかい》の卵《たまご》を宿《やど》して、むこうの生態系《せいたいけい》にとりこまれてしまいそうなチャグムの気持《きも》ちを、生々《なまなま》しい実感《じっかん》をともなって書《か》くことができたのかもしれません。

（略《りゃく》）チャグムの口《くち》から、ふいに、堰《せき》をきったように悲鳴《ひめい》にも似《に》た叫《さけ》びがふきあがった。

「いやだ！　いやだ！　いやだー！」

涙《なみだ》がとびちった。

「くそったれ！　なんで、おれなんだ！　なんで、こんな目《め》にあわなきゃ、ならないんだ！　死《し》んじまえ、卵《たまご》なんか！　勝手《かって》におれの身体《からだ》にはいりやがって！」

宙《ちゅう》を蹴《け》り、岩壁《いわかべ》を蹴《け》り、あばれくるうチャグムを、バルサが背後《はいご》からかかえあげて、くるり、と投《な》げた。草地《くさち》に投《な》げとばされたチャグムは、受《う》け身《み》をとって起《お》きあがると、わめきながらバルサにとびかかった。バルサの身体《からだ》が沈《しず》んだ、とたん、チャグムはふたたび草地《くさち》に投《な》げられていた。とびかかる、投《な》げられる……息《いき》がきれ、動《うご》けなくなるまで、チャグムはバルサにとびかかりつづけた。ついに起《お》きあがれなくなって、チャグムは草地《くさち》に仰向《あおむ》けになってたおれたまま、泣《な》きつづけた。

ひとしきり泣《な》いたあと、のろのろと起《お》きあがり、バルサを見《み》て、チャグムはおどろいた。――バルサが泣《な》いていたのである。

――『精霊《せいれい》の守《も》り人《びと》』(偕成社《かいせいしゃ》)

生《う》まれながらに背負《せお》わされたものと、人《ひと》は無縁《むえん》ではいられません。それでも、他者《たしゃ》を傷《きず》つけないかぎり、だれもが「こう生《い》きたい。」と願《ねが》ったように生《い》きる権利《けんり》があるはずです。私《わたし》が、文化変容《ぶんかへんよう》について調《しら》べたいと思《おも》ったのは、そこに多文化社《たぶんかしゃ》会《かい》の中《なか》ではざまに立《た》たされた人々《ひとびと》の「それでも自分《じぶん》はこう生《い》きてみたい。」という、いくつもの選択《せんたく》、いくつもの願《ねが》いがあると思《おも》ったからなのです。

花咲《はなさ》く旅路《たびじ》

オーストラリアを思《おも》うとき、私《わたし》の目《め》の前《まえ》には、果《は》てしない地平線《ちへいせん》とどこまでも続《つづ》いているかのように見《み》える一本道《いっぽんみち》が浮《う》かんできます。

フィールドワークの最中《さいちゅう》は、とにかく話《はなし》を聞《き》かせてもらえそうなアボリジニがいれば、どんなに遠《とお》くても、車《くるま》を走《はし》らせました。

ミンゲニューから一二〇キロはなれたジェラルトンに行《い》き、ジェラルトンから一〇〇キロはなれたマロワに行《い》き、一日数百《にちすうひゃく》キロくらい移動《いどう》することもめずらしくありませんでした。

ジェラルトンから八〇〇キロはなれたミカサーラというところまで行《い》ったときのことはわすれられません。

ひいおばあちゃんの誕生日《たんじょうび》に、アボリジニの親族《しんぞく》が何百人《なんびゃくにん》も集《あつ》まるというので、ひ孫《まご》たちを乗《の》せて、大移動《だいいどう》したのです。四十度《ど》をこえる猛暑《もうしょ》の中《なか》の長時間運転《ちょうじかんうんてん》で、長距離《ちょうきょり》ドライブにはなれっこになっていたはずの私《わたし》も、このときはさすがにヘロヘロになりました。そのせいで、ひどい頭痛《ずつう》におそわれたのですが、泊《と》めてくれたお宅《たく》のアボリジニのおばあさんは保健師《ほけんし》さんで、「これを飲《の》みなさい、楽《らく》になるから。」と、熱《あつ》くこくあまいミルクティをいれてくれたのです。

それはまるで気《き》つけ薬《ぐすり》のようによくきいて、私《わたし》を、元気《げんき》づけてくれました。

とはいえ、いつもやさしくしてもらえたわけではありません。時《とき》には誤解《ごかい》されて、なじられることもあったし「日本人《にほんじん》のナホコに私《わたし》たちのことがわかるわけがない。」と言《い》われて、深《ふか》く傷《きず》つき、落《お》ちこむこともありました。アボリジニのことを調《しら》べるために来《き》たことを告《つ》げたら「それを教《おし》えたら、いくらくれるの？」、そう言《い》われて、返《かえ》す言葉《ことば》を失《な》くしたこともあります。

そういう目《め》にあうと、やはり、悲《かな》しいし、かなりへこみますね。でも、あとになって思《おも》いかえしてみるとね、それこそが、本当《ほんとう》に得《え》がたい、たいせつな経験《けいけん》だったりするわけです。

たとえば、アボリジニとつきあっていると、時間感覚《じかんかんかく》の差異《さい》を痛感《つうかん》させられるできごとに、しばしば直面《ちょくめん》することになります。

砂漠《さばく》の真《ま》ん中《なか》にあるアボリジニのコミュニティに、調査《ちょうさ》はできないけれど、三日間《みっかかん》だけ入《はい》ることができる許可《きょか》をもらって、指導教授《しどうきょうじゅ》とともにたずねていったときのこと。そのコミュニティから数十《すうじっ》キロ離《はな》れた幹線道路《かんせんどうろ》沿《ぞ》いにあるガソリンスタンドを拠点《きょてん》にして、そこから毎日《まいにち》コミュニティまで通《かよ》って、夜《よる》に帰《かえ》ってくるという方法《ほうほう》をとりました。ガソリンスタンドには、レストランとコテージがついていて、シャワーを浴《あ》びることもできたからです。

そこの駐車場《ちゅうしゃじょう》に、アボリジニの子《こ》どもとお母《かあ》さん、それからたぶん旦那《だんな》さんが、所在《しょざい》なげにたたずんでいました。

なにしてるんだろうなあと思《おも》いながら、朝《あさ》ごはんを食《た》べて、コミュニティに出《で》かけていって、もどってくると、まだいます。こんなおそい時間《じかん》まであんなところにずっといるなんて、なにしてるんだろうと思《おも》いながら、翌日《よくじつ》も出《で》かけていき、もどってみると、まだいるのです。レストランでごはんを食《た》べたりはしているようですが、翌々日《よくよくじつ》見《み》ると、まだいました。

本当《ほんとう》に、いったい、なにしてるんだろう!?

さすがに気《き》になったので、聞《き》いてみたら「んー、アデレードまで行《い》く人《ひと》が来《こ》ないかなあと思《おも》って。」という答《こた》え。彼《かれ》らは、約束《やくそく》をしたわけでもないのに、車《くるま》でだれか知《し》り合《あ》いが通《とお》りかかるのをのんびりと日《ひ》がな一日《いちにち》、待《ま》っていたのです。日本人《にほんじん》なら、だれかがアデレードに行《い》く、という話《はなし》を聞《き》いて、あ、それなら乗《の》せていってよ、という順番《じゅんばん》になると思《おも》うのですが、日本人《にほんじん》で、しかも、たぶん人一倍《ひといちばい》せっかちな私《わたし》には、彼《かれ》らの時間感覚《じかんかんかく》は理解《りかい》をこえていて、そうか、時間《じかん》の感覚《かんかく》も文化《ぶんか》によってこれほどちがうんだな、と実感《じっかん》したものです。

私《わたし》たちが通《かよ》っていたコミュニティはインダルカナといったのですが、そこの長老《ちょうろう》に「行《い》きたいところがあるから車《くるま》に乗《の》せていってくれ。」と言《い》われたときも、車《くるま》に乗《の》せて走《はし》りだしたら、むこうから人《ひと》が来《く》るたびに「とめてくれ。」と言《い》うのです。

車《くるま》をとめると、その人《ひと》とえんえんおしゃべりをはじめます。やれやれ、やっと終《お》わったと思《おも》って、ちょっと走《はし》ると、また「とめてくれ」。この長老《ちょうろう》にとっては、それが当《あ》たり前《まえ》のことで、私《わたし》たちを待《ま》たせていることなど、なんの問題《もんだい》でもありません。それはそうですよね、彼《かれ》は「日常生活《にちじょうせいかつ》」を過《す》ごしているだけで、調査《ちょうさ》の便宜《べんぎ》をはかるために生《い》きているわけじゃないのですから。

異文化《いぶんか》を身《み》をもって知《し》る、というのは、つまりそういうことでもあります。この経験自体《けいけんじたい》がとてもたいせつなことではあるんです。それでも、たった三日《みっか》しか滞在許可《たいざいきょか》をいただけなかったなかで、貴重《きちょう》な一日《にち》を、ただおしゃべりをしている（しかも、調査地域《ちょうさちいき》が別《べつ》なので、言葉《ことば》がまったくわからない！）長老《ちょうろう》のそばでぼんやり待《ま》つしかなかったわけで、表《おもて》向《む》きは平静《へいせい》な顔《かお》をしながら、心《こころ》の中《なか》では、どうしよう、と、あせっていたものです。

あれこれ気《き》をつかってしまうたちなので、自分《じぶん》から、ある意味《いみ》ずうずうしく人間関係《にんげんかんけい》を広《ひろ》げていかねばならないことも、私《わたし》にはけっこうなストレスでした。

でも、まあ、それをしなかったらフィールドワークなんぞできませんから、申《もう》しわけありません、と心《こころ》の中《なか》で頭《あたま》を下《さ》げながら、見知《みし》らぬ人《ひと》たちの輪《わ》の中《なか》に入《はい》りこんでいったわけです。

だから調査《ちょうさ》に出《で》かけるための長《なが》い、長《なが》い移動距離《いどうきょり》は、じつは、私《わたし》にとっては、とてもたいせつな、息抜《いきぬ》きの時間《じかん》でした。

なぜって、車《くるま》が唯一《ゆいいつ》の日本語空間《にほんごくうかん》だったからです。

カセットテープで、スピッツなどをガンガン鳴《な》らし、歌《うた》いながら、ぶっ飛《と》ばすわけです。

オーストラリアのブッシュの一本道《いっぽんみち》を日本《にっぽん》のポップミュージックを歌《うた》いながら走《はし》っていると、さっきまでのくさくさした気持《きも》ちも、目《め》の前《まえ》に開《ひら》けていく景色《けしき》といっしょにびゅんびゅんふきとばされていくようで、いつの間《ま》にか、気《き》が晴《は》れているのです。

アボリジニのカレッジに滞在《たいざい》して調査《ちょうさ》をするために、パースから一六五〇キロはなれたポートヘッドランドまで車《くるま》を走《はし》らせたこともありました。

日本《にっぽん》の本州《ほんしゅう》のはしからはしまでがだいたい一八〇〇キロですから、二日《ふつか》で、本州《ほんしゅう》を縦断《じゅうだん》したようなもんですね。オーストラリアは本当《ほんとう》に広《ひろ》いです。

原野《げんや》の中《なか》をえんえんと続《つづ》く白《しろ》い道《みち》を走《はし》っていると、とつじょ、見《み》わたす限《かぎ》り、赤《あか》いアリ塚《づか》がわ～っとあらわれたり、空《そら》をペリカンがゆうゆうと飛《と》んでいたり。灼熱《しゃくねつ》の太陽《たいよう》に照《て》らされているかと思《おも》えば、いきなり、とんでもない豪雨《ごうう》に襲《おそ》われたりしながら、ひたすら、ひとりで、百キロ、二百キロ、と運転《うんてん》しつづけるわけです。

一日《にち》十一時間《じかん》、二日間《ふつかかん》走《はし》りつづけて、ようやくポートヘッドランドに着《つ》いたときにはお尻《しり》が痛《いた》くなっていました。

しかも、つかれきってたどりついたベッドには、小《ちい》さな虫《むし》がうようよはいまわっていて、とてもそのままでは眠《ねむ》れない。頭痛《ずつう》がしている頭《あたま》で、うーむ、と考《かんが》え、幸《さいわ》い、クローゼットにアイロンがあったので、シーツにざっとアイロンをかけて、「もう虫《むし》は死《し》んだ！」と、思《おも》いこむことにして、寝《ね》ました。

若《わか》かったから、できたことだなぁと思《おも》います。

でも、私《わたし》のこんなフィールドワークなんて、他《ほか》の文化人類学者《ぶんかじんるいがくしゃ》の調査《ちょうさ》にくらべたらお遊《あそ》

オーストラリアの道《みち》をえんえんと。今《いま》でも運転《うんてん》は好《す》きで、ハンドルをにぎると物語《ものがたり》が思《おも》い浮《う》かぶことがあります。

びのようなもんです。もっと、ずっと大変《たいへん》なフィールドは山《やま》のようにありますから。

ただ、あまり身体《からだ》がじょうぶじゃない私《わたし》にとっては、このていどでも、それなりにきつく感《かん》じられたというだけです。それでも自分《じぶん》が、なんとかかんとか、ひとりで乗《の》りきれているということがうれしくて、その喜《よろこ》びにささえられていたんでしょうね。

長《なが》いあいだ、「家族《かぞく》や友達《ともだち》に守《まも》られてきたあまちゃんだ。」ということが、私《わたし》のコンプレックスになっていましたから、そうして何度《なんど》でもまたこりずに旅《たび》に出《で》て、見知《みし》らぬ人《ひと》と新《あたら》しい関係《かんけい》をつくっていくことが、自分《じぶん》ひとりでなにができるのかを問《と》う、たいせつな試《し》金石《きんせき》になっていました。

当時《とうじ》、車《くるま》を走《はし》らせながら、よく原由子《はらゆうこ》の「花咲《はなさ》く旅路《たびじ》」を歌《うた》っていました。

喜《よろこ》びが川《かわ》となり　悲《かな》しみは虹《にじ》を呼《よ》ぶ
道無《みちな》きぞ　この旅《たび》だけど
でもこんなに上手《じょうず》に歩《ある》いてる

いまでもそらで歌《うた》うことができるあの歌詞《かし》は、あのころの私《わたし》の気持《きも》ちそのものでした。

大丈夫《だいじょうぶ》、大丈夫《だいじょうぶ》、きっと私《わたし》は、いま、上手《じょうず》に歩《ある》いてる。

道《みち》はないけれど、きっとまたつぎの誰《だれ》かにあえるよ、そうしてちゃんとつぎの道《みち》が開《ひら》けるよ、そう思《おも》いながら、ひたすらにハンドルをにぎっていたのです。

はじめての読者《どくしゃ》

すべての道《みち》がとざされたときに新《あたら》しい希望《きぼう》が生《う》まれると言《い》ったのは、トールキンだったでしょうか。

私《わたし》が「こうなったら研究者《けんきゅうしゃ》になるしかない。」と博士課程《はくしかてい》に進《すす》んだのは、もう作家《さっか》になることはないだろうと、一度《いちど》あきらめたからでした。

大学生《だいがくせい》のころ、はじめて千枚《まい》の長編《ちょうへん》を書《か》きあげたとき、読者《どくしゃ》はたったのふたりでした。親友《しんゆう》と、弟《おとうと》です。

弟《おとうと》は身内《みうち》ですから、お世辞《せじ》は言《い》ってくれません。つまらないと「ここはくだらん。」とばっさりです。それなのに、いつの間《ま》にかノートが消《き》えていて「早《はや》く書《か》かんかい！」と言《い》われたりする。「うるさいなあ。」と言《い》いながらも、私《わたし》にとっては大《おお》きなモチベーションになっていました。読《よ》みたくて持《も》っていっちゃうということは、本当《ほんとう》におもしろいのかもしれない、と思《おも》えたので。

最初《さいしょ》の読《よ》み手《て》として、弟《おとうと》の正直《しょうじき》な反応《はんのう》は信頼《しんらい》できたし、ありがたかった。

親友《しんゆう》も、すごくいい読《よ》み手《て》で、いつも的確《てきかく》なアドバイスをくれました。

たとえば私《わたし》が、山間《やまあい》の村《むら》のおだやかな暮《く》らしぶりをえんえん描写《びょうしゃ》していたりすると「平和《へいわ》で豊《ゆた》かな村《むら》の生活《せいかつ》もいいけれど退屈《たいくつ》。ナホコ、もっと血《ち》が見《み》たい！」と言《い》われたりする。酸《す》いもあまいも心得《こころえ》た主人公《しゅじんこう》より、あぶなっかしいわき役《やく》の男《おとこ》のほうが魅力的《みりょくてき》だと言《い》われたりする。

「だって、あまりにも安定感《あんていかん》があると、読者《どくしゃ》にスリルをあたえないでしょ。」

なるほどなあ、と思《おも》いました。


いま思《おも》えば、最初《さいしょ》の読者《どくしゃ》がこのふたりで、本当《ほんとう》によかったと思《おも》います。

これがもし無数《むすう》の声《こえ》だったら、あのころの私《わたし》には、とてもコントロールできなくて書《か》けなくなっていたんじゃないか。弟《おとうと》も、親友《しんゆう》も、故事来歴《こじらいれき》すべて知《し》っている仲《なか》、気心《きごころ》の知《し》れた相手《あいて》ですから、なにを言《い》われようと「この人《ひと》だから、こういう言《い》いかたになるんだろう。」ということも、わかります。だからこそ、どんなにダメ出《だ》しされようと、へこむことなく黙々《もくもく》と書《か》きつづけることができたのでしょう。

臆病《おくびょう》なもので、そのくらい人《ひと》に作品《さくひん》を見《み》せることがこわかったのです。批判《ひはん》されて、落《お》ちこむこともこわかったし、へたに賞賛《しょうさん》されて、安易《あんい》に満足《まんぞく》してしまうこともこわいと思《おも》っていました。そこで満足《まんぞく》してしまったら、たぶん書《か》けなくなる。自己《じこ》満足《まんぞく》で終《お》わってはいけないと思《おも》ったから、ふたり以外《いがい》、人《ひと》には見《み》せず、ひっそりと書《か》きつづけていました。

大学院修士課程《だいがくいんしゅうしかてい》のとき、五百四十枚《まい》の、私《わたし》にすれば比較的短《ひかくてきみじか》い物語《ものがたり》が書《か》けたので、はじめてだれか、プロの編集者《へんしゅうしゃ》にちゃんと読《よ》んでもらいたいと思《おも》いました。プロの目《め》で見《み》て意味《いみ》があるものが書《か》けたのかどうかを知《し》りたくなったのです。

それで清水《きよみず》の舞台《ぶたい》から飛《と》びおりるような気持《きも》ちで、偕成社《かいせいしゃ》に電話《でんわ》をかけました。なぜ偕成社《かいせいしゃ》だったのかといえば、当時《とうじ》、偕成社《かいせいしゃ》は、浜《はま》たかやさんの『火《ひ》の王誕生《おうたんじょう》』という分厚《ぶあつ》い本《ほん》を出《だ》していたからです。しかも『火《ひ》の王誕生《おうたんじょう》』はファンタジーでしたから、こういう本《ほん》を出《だ》す編集者《へんしゅうしゃ》に自分《じぶん》の書《か》いたものを見《み》てもらいたいと思《おも》ったのでした。

「おいそがしいところ、大変恐縮《たいへんきょうしゅく》ですが、素人《しろうと》の持《も》ちこみ原稿《げんこう》を読《よ》んでいただくことはできるのでしょうか。」

「できますよ。」

電話口《でんわぐち》に出《で》てきたのは、どうやら年配《ねんぱい》の男性《だんせい》でした。

そう言《い》われて、ほっとしたのも一瞬《いっしゅん》のこと。

「でもね、僕《ぼく》の足元《あしもと》には巨大《きょだい》な段《だん》ボール箱《ばこ》があって、僕《ぼく》はいつもその段《だん》ボール箱《ばこ》に足《あし》をつっかけながら、仕事《しごと》してるんだけど、その中《なか》にはたくさんの持《も》ちこみ原稿《げんこう》が入《はい》っているんです。誠実《せいじつ》に読《よ》みますけど、だからたぶん半年以上《はんとしいじょう》はかかるだろうなあ。」

「それでも、もちろんかまいませんので、ぜひ読《よ》んでいただきたいのですが。」

「わかりました。じゃあ、送《おく》ってください。」

原稿《げんこう》は、その日《ひ》のうちに送《おく》りましたが、半年《はんとし》どころか一年経《ねんた》っても、なしのつぶてでした。あの本《ほん》の編集者《へんしゅうしゃ》ならと期待《きたい》をかけていただけに、ものすごく落《お》ちこんでしまいました。

なんの連絡《れんらく》も来《こ》ないということは、私《わたし》の作品《さくひん》なんて、箸《はし》にも棒《ぼう》にもかからないものだったんだ。もうダメだ、作家《さっか》になる夢《ゆめ》はあきらめよう……そう思《おも》ったからこそ、私《わたし》は、研究者《けんきゅうしゃ》になるべく、大学院《だいがくいん》に残《のこ》ることにしたのです。

ただ、じつは、研究者《けんきゅうしゃ》のほうも、いったんはあきらめかけました。

なにしろ、研究者《けんきゅうしゃ》というのは、定職《ていしょく》につけるかどうかわからない、じつに不安定《ふあんてい》な道《みち》ですから、そんな道《みち》に進《すす》んで、これ以上親《いじょうおや》に迷惑《めいわく》はかけられない、と思《おも》ったのです。だから、修士論文《しゅうしろんぶん》を書《か》いたあと、そこでやめて、学校《がっこう》の先生《せんせい》になろうと思《おも》っていたのでした。

ところが、その修士論文《しゅうしろんぶん》を見《み》て、審査《しんさ》をした教授《きょうじゅ》のひとりがおっしゃったのです。

「上橋《うえはし》。この論文《ろんぶん》、ひどいよ。ひどいけど、俺《おれ》、こんなになにかがある修士論文《しゅうしろんぶん》を見《み》たのは、ひさしぶりだよ。足《た》りないところは山《やま》ほどあるけど、いいよ。おまえ、研究者《けんきゅうしゃ》になりなよ。」

「なれません。」

これ以上《いじょう》、親《おや》にあまえたくない。自分《じぶん》は就職《しゅうしょく》するのだ、そう心《こころ》に決《き》めていたはずなのに「なれません。」と口《くち》にしたとたんに涙《なみだ》がぶわっとあふれて、とまらなくなりました。

「なんだなんだ。」

「おいおい。俺《おれ》たちが泣《な》かしたみたいじゃないか。」

あわてふためく教授《きょうじゅ》たちの前《まえ》で、おはずかしいことに、私《わたし》は、泣《な》きつづけました。

廊下《ろうか》で審査《しんさ》を待《ま》っていた大学院《だいがくいん》の友人《ゆうじん》たちも、びっくりして「なんだなんだ。」「審査《しんさ》って、そんなにきびしいの？」とくちぐちに聞《き》かれました。

「ちゃうねん！」

言《い》いながら、まだ涙《なみだ》が止《と》まりませんでした。

小説《しょうせつ》もダメで、研究者《けんきゅうしゃ》の夢《ゆめ》もあきらめなきゃならないとしたら、私《わたし》は、この先《さき》どうしたらいいのだろう。

希望《きぼう》は時《とき》に残酷《ざんこく》です。やはり捨《す》てきれない夢《ゆめ》に気《き》づいてしまった私《わたし》は、思《おも》いなやみました。

人《ひと》の何倍《なんばい》も長《なが》いあいだ、親《おや》の脛《すね》をかじって生《い》きる。その上《うえ》、就職《しゅうしょく》できる保証《ほしょう》もない。そんな人生《じんせい》を選《えら》ぶことを申《もう》しわけない、はずかしいと思《おも》いながらも、考《かんが》えに考《かんが》えぬいた末《すえ》に、どちらかになれなければ、生《い》きている甲斐《かい》がないと思《おも》えてきて、親《おや》に相談《そうだん》しました。

うちはさほど裕福《ゆうふく》ではありません。それでも、私《わたし》の両親《りょうしん》は、子《こ》どもが学《まな》びたい、ということを、目《め》をかがやかせて後押《あとお》ししてくれる人《ひと》たちでした。アルバイトをし、奨学金《しょうがくきん》をもらい、それでも足《た》りない分《ぶん》は出《だ》してやる、やってみろ、と背中《せなか》を押《お》してもらって、私《わたし》は博《はく》士課程《しかてい》へ進《すす》む決心《けっしん》をしたのでした。

「上橋《うえはし》さん、引《ひ》きかえすならいまよ。いまならまだまともな人生《じんせい》が待《ま》ってるわよ。」

私《わたし》が、やっぱり大学院《だいがくいん》に残《のこ》りたいと言《い》ったとき、指導教授《しどうきょうじゅ》は、そうさとしてくださいました。いま、私《わたし》が誰《だれ》か、学生《がくせい》に同《おな》じことを言《い》われたら、きっと、もっときびしいことを言《い》うでしょう。なにしろ、博士課程《はくしかてい》を出《で》ても大学《だいがく》への就職《しゅうしょく》はとてつもなくせまき門《もん》で、しかも、大学卒業後《だいがくそつぎょうご》二年《ねん》の修士課程《しゅうしかてい》、その後《ご》三年以上《ねんいじょう》の博士課程《はくしかてい》を経《へ》てしまえば、もう、三十近《ちか》くなってしまいますから、一般企業《いっぱんきぎょう》へ就職《しゅうしょく》したくとも、まず無理《むり》、ということになってしまいます。

それでも、引《ひ》きかえす、というわけにもいかないので、私《わたし》は大見得《おおみえ》を切《き》ったのでした。

「研究者《けんきゅうしゃ》、一生《いっしょう》やります。」

言《い》いきったからには、もう前《まえ》を向《む》くほかない。

それなら、これまでの国内調査《こくないちょうさ》ではなく、海外《かいがい》に——異文化《いぶんか》の中《なか》で、大《おお》きなテーマに取《と》りくみなさい、と、教授《きょうじゅ》はおっしゃいました。まったく新《あたら》しい分野《ぶんや》にいどむのだから、まずはアルバイトをしながら聴講生《ちょうこうせい》をやり、その期間《きかん》に、アボリジニに関《かん》しての先行研究《せんこうけんきゅう》をじっくり学《まな》び、自分《じぶん》なりの方向性《ほうこうせい》を見《み》つけなさい。そのうえで、博士課程《はくしかてい》の試験《しけん》を受《う》けなさい。それでもやるというなら、やってみなさい。

そうおっしゃっていただいて、私《わたし》は、研究者《けんきゅうしゃ》への道《みち》に足《あし》をふみだしたのでした。


なんの当《あ》ても保証《ほしょう》もあるわけではないのに、就職《しゅうしょく》する道《みち》を棒《ぼう》にふって、自分《じぶん》はなにをしているのだろう。おそろしく思《おも》う気持《きも》ちもありましたけれど、それはある意味《いみ》、私《わたし》にとっては、自分《じぶん》の逃《に》げ道《みち》をあえてなくす、背水《はいすい》の陣《じん》でもあったのです。

世《よ》の中《なか》って、なんでこうなるの？　と思《おも》うことが時折《ときおり》起《お》きるものですが、「一生研究者《いっしょうけんきゅうしゃ》として生《い》きます！」なんぞと大見得《おおみえ》を切《き》ったあと、ほどなくして、ぺろっと一枚《まい》、ハガキが来《き》たのです。

そこにはこう書《か》いてありました。

「御作《おんさく》、読《よ》みはじめました。それにしても才能《さいのう》を感《かん》じます。一度《いちど》会《あ》いましょう。」

それは一年以上《ねんいじょう》もまえに「原稿《げんこう》を読《よ》んであげますよ。」と言《い》ってくださった編集者《へんしゅうしゃ》からの返事《へんじ》でした。うれしくて、何度《なんど》も読《よ》みかえしたので、いまでも一字一句《いちじいっく》、暗記《あんき》していま す。

当時《とうじ》、日吉《ひよし》の駅前《えきまえ》にあったカルチェラタンという名前《なまえ》の喫茶店《きっさてん》で会《あ》うことになったのですが、待《ま》っていたのはなんとなくこわそうなオジサマで、それが偕成社《かいせいしゃ》の名編集者《めいへんしゅうしゃ》さんとの出会《であ》いでした。

「上橋《うえはし》さんね。」

「はいっ。」

「小学校《しょうがっこう》の一年生《ねんせい》で十枚《まい》、六年生《ねんせい》で六十枚《まい》しか読《よ》めないと言《い》われているこの時代《じだい》に、新人《しんじん》の五百四十枚《まい》、だれが読《よ》むの？」

だれが読《よ》むの、と言《い》われましても……。

「まずは四百枚《まい》にちぢめてごらんなさい。自分《じぶん》でけずるというのも、すごくいい勉強《べんきょう》になるはずだから、冗長《じょうちょう》な部分《ぶぶん》をけずってごらん。」

「わかりました。」

「それから……。」

「はいっ。」

「君《きみ》は、心臓《しんぞう》が強《つよ》いね。」

「は？」

なにか失礼《しつれい》なことでもしたのかとあわてる私《わたし》に、彼《かれ》はにやりと笑《わら》って、こう言《い》いました。

「人間《にんげん》は、句読点《くとうてん》で息《いき》つぎをしながら読《よ》んでいる。君《きみ》の文章《ぶんしょう》は、一文《いちぶん》が長《なが》すぎる。じいさんだったら、死《し》ぬよ。」

最初《さいしょ》に出会《であ》った編集者《へんしゅうしゃ》がこの方《かた》だったことは、本当《ほんとう》に幸運《こううん》だったと思《おも》います。

それ以来《いらい》、原稿《げんこう》を手直《てなお》ししては見《み》ていただいたのですが、小手先《こてさき》のことは通用《つうよう》しないことを思《おも》いしることになるのです。

「上橋《うえはし》さん。」

「はいっ。」

「僕《ぼく》はもう、何十年《なんじゅうねん》も編集者《へんしゅうしゃ》をやっているんだよ。」

「はあ。」

今度《こんど》はなにを言《い》われるんだろうと、身《み》をかたくしていると彼《かれ》はほほえみました。

「原稿《げんこう》、短《みじか》くしたっていうけど、僕《ぼく》は、君《きみ》がなにをしたか、ひと目《め》でわかる。文章《ぶんしょう》をけずらずにすむように、改行《かいぎょう》をつめて追《お》いこんだでしょう。」

その通《とお》りでした。改行《かいぎょう》をつめてつめて、余白《よはく》をくりあげることで、なんとかページ数《すう》だけはへらしたのを、ひと目《め》で見《み》ぬかれてしまったというわけです。

「いいかい。それだとよけい、息苦《いきぐる》しくなってるでしょう。子《こ》どもたちは、ページを開《ひら》いたときにみっちり字《じ》でうまっていて余白《よはく》がないと、息苦《いきぐる》しいと思《おも》うものなんですよ。」

プロの編集者《へんしゅうしゃ》の目《め》、さまざまな読書力《どくしょりょく》を持《も》っている多《おお》くの子《こ》どもたちの姿《すがた》をはじめて意《い》識《しき》したのは、あのときだったのかもしれません。

はずかしながら、私《わたし》は、自分《じぶん》が本《ほん》の虫《むし》だったので、それまで文章《ぶんしょう》の呼吸《こきゅう》については考《かんが》えたことがあっても、本《ほん》を読《よ》むのが大変《たいへん》な子《こ》のことを意識《いしき》したことはなかったのです。

ひとりよがりにならないことは、プロが心得《こころえ》るべき基本《きほん》でした。

それで思《おも》いきって五百四十枚《まい》を四百枚《まい》にけずる作業《さぎょう》をしたのですが、百四十枚《まい》けずるとなると、気《き》に入《い》っていたエピソードをバッサリ落《お》とさないと、とてもじゃないけど、追《お》いつきません。自分《じぶん》の血《ち》や肉《にく》をけずる思《おも》いで、いくつも捨《す》ててみて、はじめて「あ。捨《す》てられるんだ。」ということにも気《き》づきました。

それは、自分《じぶん》でも気《き》に入《い》っていた、すごくいいシーンでした。

でも、どんなにいいシーンでも、物語全体《ものがたりぜんたい》を通《とお》してみると、ほかのシーンの邪魔《じゃま》をしていることがあるのです。それをとったら、とつぜん息《いき》がぬけるように、ストーリーが動《うご》きだしたり、まとまったりする。

たったひとつの作品《さくひん》を仕上《しあ》げるまでに、そういうことを、ひとつひとつ勉強《べんきょう》していったのです。

そこまでやっていても、編集者《へんしゅうしゃ》さんは、最後《さいご》まで「本《ほん》になります。」とは言《い》ってくれませんでした。それでも私《わたし》は、プロの意見《いけん》が聞《き》けることが幸《しあわ》せで、どきどきしていました。いただくアドバイスはじつに的確《てきかく》で、毎回《まいかい》こんなにおもしろいことはないと思《おも》いながら、ダメ出《だ》しをされては書《か》き直《なお》し、という作業《さぎょう》を続《つづ》けたのでした。

「上橋《うえはし》さん。」

「は、はいっ。」

「これ、プロの作家《さっか》だったら、これだけいろいろつまっていると三冊《さつ》か、四冊《さつ》は書《か》いちゃうよ。」

「そ、そうでしょうか。」

そう言《い》われた意味《いみ》も、いまならわかります。

人類学《じんるいがく》を学《まな》びはじめ、書《か》きたいと思《おも》ったあれもこれも全部《ぜんぶ》、つめこんでいたから、あれをいま、もう一度《いちど》書《か》けと言《い》われても、できないと思《おも》います。つたないところはたくさんあっても、あれは、あのときだから書《か》けた物語《ものがたり》なのはたしかなのです。

私《わたし》が、自分《じぶん》の本《ほん》が出《で》ると知《し》ったのは、本屋《ほんや》さんに置《お》いてある「これから出《で》る本《ほん》」というリストに、タイトルを見《み》つけたときでした。

タイトルを見《み》ても、まだ信《しん》じられませんでした。信《しん》じられないから、確認《かくにん》することもこわくて、電話《でんわ》することもできなかったのです。

万一《まんいち》、電話《でんわ》で確認《かくにん》して「あれ？　手《て》ちがいで、だれかのせちゃったのかな。」なんて言《い》われでもしたら、どうしよう。そんなおそろしいやぶへびは、とってもできませんでした。

デビュー作《さく》の『精霊《せいれい》の木《き》』が無事《ぶじ》に書店《しょてん》に並《なら》んだとき、私《わたし》は、二十七歳《さい》になっていました。

作家《さっか》になることは、もう、ないだろう。そう思《おも》ったから、研究者《けんきゅうしゃ》になろうと背水《はいすい》の陣《じん》で博士課程《はくしかてい》に進《すす》んだのに、念願《ねんがん》の作家《さっか》になることができたのです。

そして『精霊《せいれい》の木《き》』と『月《つき》の森《もり》に、カミよ眠《ねむ》れ』の印税《いんぜい》がなかったら、フィールドワークを続《つづ》けることができなかったかもしれません。学生時代《がくせいじだい》の私《わたし》は、研究費《けんきゅうひ》はほぼ自費《じひ》、全部持《ぜんぶも》ち出《だ》しでしたし、調査対象地《ちょうさたいしょうち》のオーストラリアは物価《ぶっか》も高《たか》く、往復《おうふく》するにも航空運賃《こうくううんちん》がかかりましたから。

すべての道《みち》がとざされたときに、新《あたら》しい希望《きぼう》が生《う》まれる。

不思議《ふしぎ》なめぐり合《あ》わせを感《かん》じながら、私《わたし》は、研究者《けんきゅうしゃ》と作家《さっか》、その両輪《りょうりん》で走《はし》りだしたのです。

バルサ誕生《たんじょう》

デビュー作《さく》の『精霊《せいれい》の木《き》』と二作目《さくめ》の『月《つき》の森《もり》に、カミよ眠《ねむ》れ』まではフィールドワークをするなかで感《かん》じたことと小説《しょうせつ》がダイレクトに連動《れんどう》している感《かん》じがあって、いま思《おも》うと、とても肩《かた》に力《ちから》が入《はい》っていました。『精霊《せいれい》の守《も》り人《びと》』からは、やっと肩《かた》の力《ちから》がぬけたというか、ここからはもう書《か》きたいものが書《か》きたい、血《ち》わき肉《にく》おどる物語《ものがたり》を書《か》こうと思《おも》ったのを覚《おぼ》えています。

レンタルビデオの予告《よこく》で「炎上寸前《えんじょうすんぜん》のバスの中《なか》から、エキストラのおばさんが少年《しょうねん》の手《て》を引《ひ》いて下《お》りてきた場面《ばめん》」を見《み》たときに、おばさんが、おさない男《おとこ》の子《こ》を守《まも》って戦《たたか》う話《はなし》が書《か》きたい、という気持《きも》ちがわき起《お》こり、女用心棒《おんなようじんぼう》のバルサがヨゴ皇国《おうこく》の王子《おうじ》であるチャグムを救《すく》う物語《ものがたり》の発想《はっそう》が生《う》まれてきました。

物語《ものがたり》は、たいてい、ひとつの場面《ばめん》がぱっと頭《あたま》に浮《う》かんでくることからはじまります。その場面《ばめん》に、いくつか別《べつ》の場面《ばめん》やイメージが結《むす》びついていったとき、物語《ものがたり》の芽《め》がぐんぐんと育《そだ》ちはじめ、あ、書《か》ける、という感覚《かんかく》がやってくるのです。

主人公《しゅじんこう》は旅《たび》をする女《おんな》で、あるひとつの社会《しゃかい》の価値観《かちかん》のなかで殺《ころ》されそうになっている子《こ》どもを、周辺《しゅうへん》に暮《く》らしている呪術師《じゅじゅつし》や先住民《せんじゅうみん》など、さまざまな異《こと》なる文化《ぶんか》を持《も》つ人々《ひとびと》に手《て》伝《つだ》ってもらいながら、救《すく》う物語《ものがたり》。

あらためて考《かんが》えてみると、それはやっぱり、私自身《わたしじしん》がしてきた旅《たび》に、どこか似《に》ているような気《き》もします。

「守《も》り人《びと》」シリーズを書《か》いているあいだ、とても幸《しあわ》せでした。なにしろ、バルサが大好《だいす》きなので。

バルサは、単《たん》に武術《ぶじゅつ》が強《つよ》いだけではありません。

その強《つよ》さには背景《はいけい》があり、捨《す》ててきたもの、あきらめたものとも関《かか》わっています。ひじょうに悲《かな》しいものも秘《ひ》めている、そのこともえがきたいと思《おも》いました。

児童文学《じどうぶんがく》の出版社《しゅっぱんしゃ》から出《だ》していただいたのに、主人公《しゅじんこう》が読者《どくしゃ》と同年代《どうねんだい》の子《こ》どもではなく、三十代《だい》の女性《じょせい》というのも、これまでの常識《じょうしき》からすると異例《いれい》だと言《い》われましたが、私《わたし》は好《す》きなタイプの物語《ものがたり》を書《か》いているだけで、児童文学《じどうぶんがく》を書《か》いている、という気持《きも》ちはあまりありませんでしたし、バルサはこの年齢《ねんれい》でなければダメだと思《おも》っていました。

バルサの強《つよ》さには、彼女《かのじょ》のそれまでの生《お》い立《た》ちや経験《けいけん》、重《かさ》ねてきた歳月《さいげつ》や出会《であ》ってきた人《ひと》たちにつちかわれてきたものがあって、それをひとつひとつ、掘《ほ》りおこしていくことが、そのまま物語《ものがたり》になっていったのです。


バルサは今年《ことし》三十。さして大柄《おおがら》ではないが、筋肉《きんにく》のひきしまった柔軟《じゅうなん》な身体《からだ》つきをしている。長《なが》いあぶらっけのない黒髪《くろかみ》をうなじでたばね、化粧《けしょう》ひとつしていない顔《かお》は日《ひ》に焼《や》けて、すでに小《こ》じわが見《み》える。

しかし、バルサをひと目見《めみ》た人《ひと》は、まず、その目《め》にひきつけられるだろう。その黒《くろ》い瞳《ひとみ》にはおどろくほど強《つよ》い精気《せいき》があった。がっしりとした顎《あご》とその目《め》を見《み》れば、バルサが容易《ようい》に手玉《てだま》にはとれぬ女《おんな》であることがわかるはずだ。――そして、武術《ぶじゅつ》の心得《こころえ》のある者《もの》が見《み》れば、その手《て》ごわさにも気《き》づくだろう。

――『精霊《せいれい》の守《も》り人《びと》』（偕成社《かいせいしゃ》）

強《つよ》さへのあこがれは、何度《なんど》も語《かた》ってきましたが、いま思《おも》えば、そのあこがれる力《ちから》が、物《もの》語《がたり》をつくる原動力《げんどうりょく》になったのかもしれません。

おチビの私《わたし》は、土俵《どひょう》で男《おとこ》の子《こ》に体当《たいあ》たりしながら、あるいは偉人伝《いじんでん》をつぎからつぎに読《よ》みながら、小《ちい》さな可能性《かのうせい》を拾《ひろ》いあつめては、自分自身《じぶんじしん》にエールを送《おく》っていたのでしょう。

ガンバレ、チビの私《わたし》――！

そうして大学院時代《だいがくいんじだい》には、道場《どうじょう》に入門《にゅうもん》して古武術《こぶじゅつ》を習《なら》い、「夢見る夢子《ゆめみるゆめこ》さん」を返上《へんじょう》すべく、オーストラリアを旅《たび》して、最終的《さいしゅうてき》には、作家《さっか》になって、バルサをえがくにいたるのですから、子《こ》どものころにいだいたあこがれは、思《おも》いのほかしぶとかったというか、筋金《すじがね》入《い》りだったんですね。

香蘭女学校《こうらんじょがっこう》に通《かよ》っていた高校《こうこう》二年生《ねんせい》のころ、気《き》の合《あ》う友人《ゆうじん》たちと、文化祭《ぶんかさい》で劇《げき》を上演《じょうえん》したことがあります。『ウエスト・サイド物語《ものがたり》』など、すでにある物語《ものがたり》を上演《じょうえん》するのではなく、原作《げんさく》、脚本《きゃくほん》から、音楽《おんがく》にいたるまで、すべて自分《じぶん》たちの手《て》でつくった劇《げき》でした。

原作《げんさく》は私《わたし》がつくり、その舞台《ぶたい》で、ちょい役《やく》（貧《まず》しい農民《のうみん》と一兵卒《いっぺいそつ》）を演《えん》じたのが、いま個性派俳優《こせいははいゆう》として活躍《かつやく》している片桐《かたぎり》はいりでした。脚本《きゃくほん》を書《か》き、みごとな演出《えんしゅつ》をした友人《ゆうじん》も、劇団俳優《げきだんはいゆう》として活躍《かつやく》しています。

高校《こうこう》の文化祭《ぶんかさい》で上演《じょうえん》しただけの劇《げき》。でも、その劇《げき》を熱演《ねつえん》した友人《ゆうじん》のなかから、ふたりがプロの役者《やくしゃ》になり、原作《げんさく》をつくった私《わたし》は作家《さっか》になった。……十代《だい》のころの夢《ゆめ》は、夢《ゆめ》で終《お》わらず、かなうこともあるのです。かなえるためには幸運《こううん》も必要《ひつよう》ですが、幸運《こううん》を引《ひ》きよせるのは、やっぱり、かなえたいという熱望《ねつぼう》なのでしょう。

常識《じょうしき》で考《かんが》えたらはずかしいことだったり、え、マジでそんなことしちゃうの？　と、思《おも》われるようなことも、夢《ゆめ》をかなえるために必要《ひつよう》だと思《おも》えば、やってしまう。そうやって、はたからあきれられながらも、やってしまったことが、実際《じっさい》に、あとで、大《おお》いに役《やく》に立《た》ったりしましたから。

たとえば、古武術《こぶじゅつ》をかじったことも、そんな「やっちゃったこと」のひとつです。

古武術《こぶじゅつ》の道場《どうじょう》に入門《にゅうもん》した（というより、月謝《げっしゃ》を払《はら》って初伝《しょでん》のクラスにはいった、という感《かん》じですが）理由《りゆう》は三つ、ありました。

まずは、おばあちゃんから聞《き》いて育《そだ》った、ひいひいおじいちゃんが体得《たいとく》していたという古流《こりゅう》の柔術《じゅうじゅつ》というものを、ぜひ習《なら》ってみたかった、ということ。

もうひとつは、当時《とうじ》、すでにオーストラリアにフィールドワークに行《い》っていましたから、現地《げんち》で日本古来《にっぽんこらい》のものを教《おし》えると喜《よろこ》ばれるのではないか、と思《おも》ったこと。

そして、バルサを書《か》くのなら、本当《ほんとう》に女《おんな》の人《ひと》がそこまで強《つよ》くなれるものなのか、ちゃんとたしかめておかないと書《か》けない気《き》がしていたからです。

フィクションだから好《す》きに書《か》けばいいじゃないか、と思《おも》われるかもしれませんが、私《わたし》は、それがうそだと思《おも》うと書《か》けないのです。もちろんうそをついていいところも、たくさんあるのだけれど、いちばんたいせつなところだけはうそをつきたくない。それをしたら、その物語《ものがたり》は、世《よ》に出《だ》す意味《いみ》のない絵空事《えそらごと》になってしまう気《き》がするのです。

はじめて道場《どうじょう》に見学《けんがく》に行《い》った日《ひ》、私《わたし》は、若《わか》くてきれいなＯＬ《オーエル》さんがさっそうとあらわれて、型《かた》をみごとにえんじるのを、目《ま》の当《あ》たりにしました。

手足《てあし》もすらっと長《なが》く、美《うつく》しい女性《じょせい》だったせいか、それは本当《ほんとう》にほれぼれするような身体《からだ》の動《うご》きでした。

その道場《どうじょう》は中国武術《ちゅうごくぶじゅつ》も教《おし》えていましたので、推手《すいしゅ》も体験《たいけん》しましたが、これは、まさに、力《ちから》ではなく相手《あいて》をコントロールする方法《ほうほう》を体得《たいとく》するという感《かん》じでした。おたがいに手《て》の甲《こう》と甲《こう》をあわせて、推《お》したり、ひいたりする。がっちり受《う》けてもいけないし、反発《はんぱつ》してもいけない。どちらかが絶妙《ぜつみょう》のタイミングでひくと、相手《あいて》の身体《からだ》がふわっと泳《およ》ぐのです。

柔《やわら》（古流柔術《こりゅうじゅうじゅつ》）のほうの師範《しはん》は、力《ちから》が強《つよ》そうには見《み》えない背《せ》の低《ひく》いおじいさんでしたが、私《わたし》が彼《かれ》の手首《てくび》をつかむと、彼《かれ》がふっと手首《てくび》を返《かえ》す。それだけで、私《わたし》の身体《からだ》は一瞬《いっしゅん》のびあがり、次《つぎ》の瞬間《しゅんかん》、みごとに投《な》げられてしまうのです。

受《う》け身《み》も徹底的《てっていてき》に教《おそ》わりました。

「必《かなら》ず頭《あたま》を身体《からだ》の内側《うちがわ》に入《い》れて、背中《せなか》にななめの線《せん》があることを意識《いしき》しながら、くるんと回《まわ》ってください。」

畳《たたみ》ではなく、リノリウムに薄《うす》い絨毯《じゅうたん》がしいてあるだけの床《ゆか》で、コツがつかめるまで、ずいぶん痛《いた》い思《おも》いもしましたが、やがて、くるっと回《まわ》れるようになったときには、本当《ほんとう》にうれしかったものです。

短刀《たんとう》どりといって、ナイフや短刀《たんとう》でおそってくる相手《あいて》からいかに身《み》をまもるか、という動《うご》きも、何度《なんど》も練習《れんしゅう》しました。先輩《せんぱい》たちの演武《えんぶ》では「杖《じょう》」や「棒《ぼう》」での戦《たたか》いかたも見《み》ることができました。

長《なが》いあいだ通《かよ》ったわけではないので、全然強《ぜんぜんつよ》くはなりませんでしたが、関節技《かんせつわざ》を決《き》められたときの激痛《げきつう》や、実際《じっさい》に決《き》まっているときと、そうでないときの身体《からだ》のゆがみかたのちがい、急所《きゅうしょ》がどこにあるか、力《ちから》をどんなふうに逃《に》がすかなど、そのときに我《わ》が身《み》で覚《おぼ》えたことは、あとで物語《ものがたり》にかくときに、ずいぶん役《やく》に立《た》ったと思《おも》います。

「あぶないのは、受《う》け身《み》で転《ころ》がって立《た》ちあがる瞬間《しゅんかん》だ。そこをねらって攻《せ》められれば、体勢《たいせい》がくずれているから対応《たいおう》できない。だから立《た》ちあがるときには、つぎの攻撃《こうげき》を受《う》けられるかっこうで、起《お》きなさい。」

そうおっしゃっていた師範《しはん》の声《こえ》を時折思《ときおりおも》いだします。

戦《たたか》いのシーンをえがくときも、そうやって自分自身《じぶんじしん》が体験《たいけん》したことなら、えがいても、うそじゃない。あるいは、女《おんな》の人《ひと》や小柄《こがら》なおじいさんでも、武術《ぶじゅつ》に熟達《じゅくたつ》していれば、初心《しょしん》者《しゃ》の男《おとこ》の人《ひと》より、強《つよ》くなれるということを、この目《め》でちゃんと見《み》たのだから、それをえがくことも、うそじゃない。

もちろん、物語《ものがたり》に書《か》くことすべてを体験《たいけん》するわけにはいきませんが、私《わたし》は、肝心《かんじん》なところは、できるだけ自分《じぶん》の経験《けいけん》に裏打《うらう》ちされた言葉《ことば》で書《か》きたいなあ、と思《おも》っています。

そうすることで、物語《ものがたり》の中《なか》に本物《ほんもの》の風《かぜ》がふく。そんな気《き》がするからです。

わたしは、いま、物語《ものがたり》を生《い》きている

はじめてオーストラリアに行《い》ってから二十年《ねん》あまり、作家《さっか》になってからも、私《わたし》は、毎年《まいとし》フィールドワークのためにオーストラリアに通《かよ》いつづけてきました。

念願《ねんがん》の作家《さっか》になることができたときに、たとえ食《た》べられなくても（デビューしてすぐ食《た》べられるなんて、そんなすごい作家《さっか》ではありませんでしたから）、アルバイトをしながら作家《さっか》に専念《せんねん》するという選択肢《せんたくし》がなかったわけではありません。それでも文化人類学者《ぶんかじんるいがくしゃ》と二足《に そく》のわらじをはきつづけてきたのは、靴《くつ》ふきマットの上《うえ》から飛《と》びだした遠《とお》いあの日《ひ》から、生身《なまみ》の人間《にんげん》と出会《であ》い、異文化《いぶんか》の中《なか》でもまれるフィールドワークの奥深《おくぶか》い魅力《みりょく》に、魅《み》せられてしまったからだと思《おも》います。

痛《いた》い思《おも》いをするのは本当《ほんとう》に嫌《いや》です。でも、そうして自分《じぶん》の足《あし》で歩《ある》いているなかで、肌感覚《はだかんかく》で実感《じっかん》できたことがたくさんあって、私《わたし》の書《か》く物語《ものがたり》のあちらこちらに、それはたしかに息《いき》づいているような気《き》がするのです。

頭《あたま》でわかったつもりになっていることと実際《じっさい》の経験《けいけん》のあいだには、大《おお》きな開《ひら》きがあるもので、中学生《ちゅうがくせい》のころ、漫画《まんが》では斧《おの》をふりまわす男《おとこ》をかいたりしていたのに、実際《じっさい》にオーストラリアでアボリジニに本物《ほんもの》の斧《おの》をわたされたら、どうしていいのか、わかりませんでした。

力《ちから》まかせにふりおろしたら、木《き》の根《ね》にガイーンとはじかれて、手《て》がびりびり。たき火用《びよう》に木《き》の根《ね》っこをとってこないといけないのに、そんなこともできなくて「なにやってんだ、ナホコ、おまえ、斧《おの》の使《つか》いかたがまちがっているよ。」と笑《わら》われました。木《き》を伐《き》るわけじゃないんだから、斧《おの》をさかさまにして柄《え》のほうで、根《ね》っこをたたいて掘《ほ》り起《お》こせよ、と言《い》われて、そんな使《つか》いかたもあるのだとはじめて知《し》ったのでした。そういうことも、実際《じっさい》に教《おそ》わらないとわからないものですよね。

長《なが》いキャンプ生活《せいかつ》の中《なか》で、たき火《び》をおこすと、どんなふうに燃《も》えるのかを知《し》ることもできました。

たき火《び》の火《ひ》は、日《ひ》の光《ひかり》がまだあるうちには見《み》えないこと、たき火《び》の火《ひ》が見《み》えはじめることによって、いつの間《ま》にか、あたりが暗《くら》くなってきている、と、気《き》づく。たき火《び》のにおいは、服《ふく》にしみついたら、あらったくらいじゃ落《お》ちないこと。

身《み》をもって知《し》ったそういうひとつひとつの体験《たいけん》が、全部《ぜんぶ》、あとになって物語《ものがたり》の中《なか》で、息《いき》をふきかえし、かたちになっていきました。

馬《うま》が好《す》きで、大学生《だいがくせい》のときには、短《みじか》いあいだですが、乗馬同好会《じょうばどうこうかい》に入《はい》っていたこともあります。

オーストラリアでブッシュハイクをしたときは、さすがにへろへろになりましたが、実際《じっさい》に乗《の》ったことがなければ、長《なが》いあいだ乗《の》っているとどこがこすれるのか、降《お》りたときに、どこが痛《いた》くなるのかもわからないでしょう。

けっこうイジワルな馬《うま》もいて、落馬《らくば》したら、おまえ、なに落《お》ちてんだよ、とあざわらうように、ポロシャツの襟《えり》のあたりをかまれて持《も》ちあげられたこともあります。白《しろ》いポロシャツだったので、見事《みごと》に草色《くさいろ》の歯形《はがた》がついていて、びっくりしました。

そうした体験《たいけん》が、バルサとチャグムが馬《うま》で山道《やまみち》を登《のぼ》っていくシーンをえがこうとしたときに、ひょいと出《で》てきたりするのです。

馬《うま》の脇腹《わきばら》をそっと踵《きびす》で押《お》して歩《ある》かせはじめたバルサは、背後《はいご》にいるチャグムが、なんともいえぬ顔《かお》で自分《じぶん》を見《み》ているのに、気《き》づかなかった。〈タンダ〉も、〈名無《なな》し〉もおとなしい馬《うま》で、険《けわ》しい山道《やまみち》も、白《しろ》く息《いき》を吐《は》きながら、どんどんのぼった。斜面《しゃめん》をのぼっていく馬《うま》に乗《の》っていると、足《あし》だけでなく、腰《こし》や背《せ》にも負担《ふたん》がかかる。日《ひ》が暮《く》れて馬《うま》をおりるころには、いつも、チャグムはくたくたになっていた。地面《じめん》におりても、膝《ひざ》がわらってしまって、まともに立《た》てないほどだった。

——『天《てん》と地《ち》の守《も》り人《びと》　第《だい》二部《ぶ》』(偕成社《かいせいしゃ》)

つらいことに出会《であ》ったときは「いずれ作家《さっか》としてこの経験《けいけん》が役《やく》に立《た》つ。」——いつも、そう思《おも》っていました。

作家《さっか》の性《さが》というのは、みようにしたたかなもので、愛犬《あいけん》が死《し》んだときも、悲《かな》しくて悲《かな》しくて涙《なみだ》がとまらないのに、その悲《かな》しみを後《うし》ろから傍観者《ぼうかんしゃ》のように見《み》ている自分《じぶん》がいたりするのです。

この悲《かな》しみは、いったい、どういう悲《かな》しみだろう。まわりの人《ひと》はどうしてる？　愛犬《あいけん》は、いま、どんなにおいがしている？　デッサンをするように記憶《きおく》にとどめておこうとしている、とてもとても冷静《れいせい》な傍観者《ぼうかんしゃ》の自分《じぶん》がいるのです。自分《じぶん》がどうにかなってしまったんじゃないかと思《おも》うような、身《み》も心《こころ》もふっとぶような恋《こい》をしているときも、その自分《じぶん》を外側《そとがわ》から見《み》ている自分《じぶん》がいるのです。

しんどいことがあったとき、この感覚《かんかく》が、意外《いがい》に役《やく》に立《た》ったこともありました。アボリジニとの人間関係《にんげんかんけい》に翻弄《ほんろう》されて、ああ、つかれたな、と思《おも》っても、子《こ》どものころ、洞窟《どうくつ》で考古学者《こうこがくしゃ》になりきっていたみたいに「おいおい、アボリジニとの人間関係《にんげんかんけい》でなやんでいるなんて、おまえ、いっぱしの文化人類学者《ぶんかじんるいがくしゃ》みたいじゃんよ。」と自分《じぶん》を笑《わら》えば、なんとか乗《の》りきることができました。

もう逃《に》げたいな、と思《おも》うたびに、「なりたい自分《じぶん》」の姿《すがた》を思《おも》ってみることで、なんとかやってきたような気《き》がします。

つらいとき、自分《じぶん》の外側《そとがわ》に出《で》て、「人生《じんせい》という物語《ものがたり》」の中《なか》を、いま生《い》きている自分《じぶん》を見《み》る。そうしていると、つらい、悲《かな》しいことだけじゃないな、喜《よろこ》びもあるよな、と気《き》づいたりする。

小《ちい》さくとも喜《よろこ》びがなかったら、苦《くる》しみや悲《かな》しみをこえていくことは、なかなかできないでしょう。たぶん、私《わたし》は、そうやって、なんとか、やりはじめたことをあきらめずに歩《ある》いてきたのです。

子《こ》どものころ、時《とき》をわすれて物語《ものがたり》にのめりこんだように、私《わたし》はいまも、物語《ものがたり》を生《い》きるように、自分《じぶん》の人生《じんせい》を生《い》きているような気《き》がします。

まず夢《ゆめ》を見《み》る。それを頭《あたま》の中《なか》でえがいてみる。でも現実《げんじつ》が「ちがうよ。」と教《おし》えてくれる、その瞬間《しゅんかん》、パッとなにかをつかまえる。

ほかのだれでもない、私《わたし》だけの真実《しんじつ》を。

そうやって自分《じぶん》が享受《きょうじゅ》した体験《たいけん》を、特別《とくべつ》なものとしてかりとっては、物語《ものがたり》に生《い》かしてきたのだと思《おも》います。

パン生地《きじ》も焼《や》くまえに、よく発酵《はっこう》させるとふくらむものですが、私《わたし》も、すでにエピソードになっているような思《おも》い出《で》をよく人《ひと》に話《はな》します。くりかえし話《はな》すうちに、相手《あいて》の反応《はんのう》を見《み》ながら、ちょっとずつ足《た》したり、ひいたりして修正《しゅうせい》するので、だんだんエピソードが洗練《せんれん》されて、その話《はなし》のおもしろさの勘《かん》どころがわかってきます。これはまるで……そう、私《わたし》のおばあちゃんみたいです。おばあちゃんも、私《わたし》にたくさんの昔話《むかしばなし》をしながら、似《に》たようなことをやっていたのにちがいありません。

経験《けいけん》はたいせつです。でも、べつに、人《ひと》とちがうことをたくさんしなければいけないということではなくて、むしろ、人《ひと》と同《おな》じことをしていながら、そこに人《ひと》とはちがうものを感《かん》じとることのほうがたいせつだと思《おも》います。

すぐれた描写力《びょうしゃりょく》で、読《よ》む者《もの》を、遠《とお》い時代《じだい》のその場所《ばしょ》へと連《つ》れていってくれるサトクリフにしても、行《い》きたい場所《ばしょ》に行《い》きたいように行《い》けたわけではありませんでした。

子《こ》どものころの病気《びょうき》が原因《げんいん》で、彼女《かのじょ》が身体《からだ》が不自由《ふじゆう》だったと知《し》ったとき、どんなにおどろき、またはげまされたことでしょう。

サトクリフは、限《かぎ》られた環境《かんきょう》のなかで、自分《じぶん》の目《め》でしかと見《み》たものを土台《どだい》にして、そこから想像力《そうぞうりょく》をふくらませていたのです。足《た》りないものが反転《はんてん》して、その人《ひと》の力《ちから》になる。なるほど、おさないころ、偉人伝《いじんでん》で学《まな》んだ極意《ごくい》は、まったくそのとおりでした。

物語《ものがたり》を書《か》きたいなら、まず、どんなことでもいいから、興味《きょうみ》があるものを、どれだけ広《ひろ》げられるか（あるいは掘《ほ》りさげられるか）を考《かんが》えてみてください。

そして、そのことについて（まずはどんなに長《なが》くなってもいいから）、最初《さいしょ》から最後《さいご》まで書《か》きおえてみてください。

最初《さいしょ》は起承転結《きしょうてんけつ》を見《み》つけることさえ大変《たいへん》だと思《おも》います。でもプロの作家《さっか》は、そこにありきたりじゃない、自分《じぶん》だけの道筋《みちすじ》を必《かなら》ず見《み》つけだすものです。

それがあるかどうかは、自分《じぶん》で自分《じぶん》が書《か》いた物語《ものがたり》を直《なお》してみれば、わかります。

私《わたし》は、まえの晩《ばん》に書《か》いたものを、毎朝《まいあさ》、直《なお》しています。

一日《いちにち》の作業《さぎょう》としては、朝《あさ》書《か》いて、夜《よる》に書《か》きはじめるとき、また読《よ》み直《なお》して、直《なお》す。のりしろじゃないけど、そうやって書《か》いたところをくりかえし直《なお》していると、そこからまた新《あたら》しい芽《め》が出《で》てきます。そして翌日《よくじつ》になると、その新《あたら》しいところをまた直《なお》すと、そこから新《あたら》しい芽《め》がまた出《で》てくるので、それをまた直《なお》す……というのをくりかえしているのです。

そうすると、あるとき、登場人物《とうじょうじんぶつ》がなにかを言《い》ったのがきっかけで、つぎの展開《てんかい》が開《ひら》けたりする。その物語《ものがたり》を生《い》きている人間《にんげん》たちが、その物語《ものがたり》のあるべき姿《すがた》を生《う》みだしていって、頭《あたま》の中《なか》で最初《さいしょ》に想定《そうてい》していたかたちじゃないところに、連《つ》れていってくれるのです。

だから私《わたし》は、直《なお》すことが嫌《きら》いではありません。

毎朝《まいあさ》、毎晩《まいばん》、何度《なんど》も、何度《なんど》も、くりかえし直《なお》しています。

その作業《さぎょう》は、考古学者《こうこがくしゃ》がうずもれていた化石《かせき》を見《み》つけだすことに似《に》ているかもしれません。

たったひとつのシーンに、じつは多《おお》くのものが眠《ねむ》っているからです。そこにいる女《おんな》の子《こ》の表情《ひょうじょう》、着《き》ているもの、窓《まど》から差《さ》しこんでくる光《ひかり》……生《う》まれ落《お》ちようとする世界《せかい》がそこにすでにあるのです。それが見《み》えるかどうかに、物語《ものがたり》が書《か》けるかどうかが、かかっているのだと思《おも》います。

近《ちか》ごろ、学生《がくせい》さんと話《はな》していて、「一言主《ひとことぬし》」が増《ふ》えたなあと思《おも》うことがあります。なにか問《と》いかけても、返《かえ》ってくる言葉《ことば》が、すごく短《みじか》いんです。「おもしろかった。」「フツー。」「ヤバくない?」

そういう、ひと言《こと》で片《かた》づけてしまう。

そのひと言《こと》じゃ伝《つた》わらないたくさんのものを、本当《ほんとう》は後《うし》ろにいっぱいかかえているだろうに、なぜ、ひと言《こと》なんだろう? 面倒《めんどう》なのかな、それとも、ひと言《こと》だけ発《はっ》して、反応《はんのう》を見《み》ているのかな、などと、考《かんが》えてしまう。

「どんな気持《きも》ちがしますか。」と聞《き》かれて「悲《かな》しい。」と答《こた》えたときに、たぶんだれもが「でも、そのひと言《こと》ではやっぱり伝《つた》えられないな。」と思《おも》うはずです。

「悲《かな》しい。」のひと言《こと》ですませたけれど、その後《うし》ろに、うまく言《い》えなかったもやもやしたものが本当《ほんとう》はいっぱいあって、その捨《す》てちゃったものが全部集《ぜんぶあつ》まらないと、本当《ほんとう》は、自分《じぶん》が言《い》った「悲《かな》しい」という意味《いみ》にはならないんだけどな……そう思《おも》っている気《き》がするのです。

物語《ものがたり》を書《か》くことは、そのひと言《こと》では言《い》えなかったこと、うまく言葉《ことば》にできなくて、捨《す》ててしまったことを、全部《ぜんぶ》、ひとつひとつ拾《ひろ》い集《あつ》めて、本当《ほんとう》に伝《つた》えたかったのはこういうことなのだと、かたちにすることなのだと思《おも》います。

物語《ものがたり》にしないと、とても伝《つた》えきれないものを、人《ひと》は、それぞれにかかえている。だからこそ、神話《しんわ》のむかしからたくさんの物語《ものがたり》が語《かた》られてきたのだと思《おも》うのです。

小学校《しょうがっこう》一年生《ねんせい》の社会科《しゃかいか》の授業《じゅぎょう》で、学校《がっこう》から家《いえ》までの地図《ちず》をかいたりしますね。学校《がっこう》と家《いえ》を毎日往復《まいにちおうふく》している小学《しょうがく》一年生《ねんせい》にとっては、それが、そのとき、実際《じっさい》に知《し》っている世界《せかい》のすべてなのでしょう。

ここに消防署《しょうぼうしょ》があって、あっちにポストがあって、あの角《かど》によくほえる犬《いぬ》がいて、その子《こ》がなにを見《み》て、なにを感《かん》じているかが、その子《こ》がえがく最初《さいしょ》の地図《ちず》になるのです。

そして、もう少《すこ》し大人《おとな》になると、なぜそこに消防署《しょうぼうしょ》があるのかがわかるようになってきます。緊急《きんきゅう》で出動《しゅつどう》するには、すぐ前《まえ》の道《みち》は広《ひろ》くないといけない。まわりになにがあるのか、それはなぜなのか、点《てん》と点《てん》をつなぐものが、だんだん見《み》えるようになってくる。

そうやって、ばらばらに見《み》えた点《てん》と点《てん》を結《むす》ぶことができるようになると、地図《ちず》は大《おお》きく、豊《ゆた》かに育《そだ》っていきます。

物語《ものがたり》は、見《み》えなかった点《てん》と点《てん》を結《むす》ぶ線《せん》を、想像《そうぞう》する力《ちから》をくれます。想像力《そうぞうりょく》というのは、ありもしないことを、ただ空想《くうそう》することとは、少《すこ》しちがう気《き》がします。

こうあってほしいと願《ねが》うことがあって、どうやったらそうなるのだろうと、自分《じぶん》なりに線《せん》を引《ひ》いてみること。その線《せん》がまちがっているかどうかは、きっと、現実《げんじつ》が教《おし》えてくれるでしょう。

子《こ》どものころの夢《ゆめ》がかなって、私《わたし》は作家《さっか》になることができました。でも、「作家《さっか》になること」という夢《ゆめ》がかなったところで、時《とき》が止《と》まるわけではありません。その先《さき》には、やはり、まったく道《みち》のない「作家《さっか》として生《い》きつづける」という新《あら》たな登《のぼ》り坂《ざか》が待《ま》っているのです。

私《わたし》はいまも、まよいながら（ときに、逃《に》げたいな、と思《おも》いながら）この道《みち》を、よいしょ、よいしょと登《のぼ》っています。登《のぼ》っていく先《さき》になにがあるかもわからぬままに。

それでも、これが私《わたし》の人生《じんせい》ですから、歩《ある》いていくしかありません。子《こ》どものころのあの思《おも》いが連《つ》れてきてくれた場所《ばしょ》から、大人《おとな》になった私《わたし》が、いまの歩幅《ほはば》で歩《ある》いていける場所《ばしょ》へ、ゆっくりと、でも、顔《かお》をあげて、歩《ある》いていこうと思《おも》います。

いまの自分《じぶん》をどうにかしたいな、と思《おも》うことがありますか？　あるなら、いっぺん、「靴《くつ》ふきマットの上《うえ》で、もそもそしているな！　うりゃっ！」と、自分《じぶん》の背中《せなか》をけっとばしてみてください。

そうやって、よろよろとでも一歩《ぽ》をふみだすことで、きっと、あなただけの地図《ちず》ができていきます。

さあ、顔《かお》をあげて、そこから見《み》える、はるかなフロンティアを目指《めざ》してみてください。
この世界《せかい》は、思《おも》っているよりずっと広《ひろ》いっすよ！

作家《さっか》になりたい子《こ》どもたちへ

「上橋《うえはし》さんがどんな子《こ》どもだったのか、どうやって作家《さっか》になったのか、そういう話《はなし》を本《ほん》にしたいのです。」

と、『獣《けもの》の奏者《そうじゃ》』の担当編集者《たんとうへんしゅうしゃ》だった長岡《ながおか》ちゃんにたのまれたとき、まず、ぱっと頭《あたま》に浮《う》かんだのは、

「冗談《じょうだん》っしょ？」

という言葉《ことば》でした。

そんなのはずかしいし、自分《じぶん》のことを本《ほん》にして読《よ》んでいただけるような人間《にんげん》じゃない。そういうことをする、と考《かんが》えることすら嫌《いや》、ほんとうに身《み》ぶるいするほど嫌《いや》でした。

講演《こうえん》で自分《じぶん》のことを話《はな》した翌日《よくじつ》、私《わたし》はきまって熱《ねつ》をだします。比喩《ひゆ》ではなく実際《じっさい》に熱《ねつ》が

でて身体《からだ》じゅうが痛《いた》くなり、ふとんにくるまって、うんうんうなりながら、ああ、もう二《に》度《ど》と講演《こうえん》なんかしないぞ、と思《おも》うのです。

講演会《こうえんかい》では目《め》の前《まえ》に読者《どくしゃ》のみなさんがおられますから、みなさんが「守《も》り人《びと》」シリーズや『獣《けもの》の奏者《そうじゃ》』を書《か》いた作家《さっか》として見《み》ておられるであろう私《わたし》のイメージと、私自身《わたしじしん》が自分《じぶん》にいだいているイメージの落差《らくさ》が大《おお》きすぎて、申《もう》しわけないというか、私《わたし》はそんなもんじゃないんです、という、頭《あたま》をかかえて穴《あな》に逃《に》げこみたいような思《おも》いがこみあげてきて、苦《くる》しくなってしまうのです。

それでも、講演《こうえん》を完全《かんぜん》に断《ことわ》ることなく、なんとか続《つづ》けている理由《りゆう》はただひとつ、子《こ》どものころ、作家《さっか》になりたくて、でも、どうやったらなれるのかわからなくて、どんな小《ちい》さなことでもいいから、「あ、そうか、そんなふうに生《い》きてきて、作家《さっか》になったのか。」と感《かん》じられることを知《し》りたいと熱望《ねつぼう》していた自分《じぶん》の気持《きも》ちを覚《おぼ》えているから、なのです。

子《こ》どものころ、私《わたし》は本当《ほんとう》に知《し》りたい、と思《おも》っていました。どうしたら作家《さっか》になれるのか。作家《さっか》になった人《ひと》たちは、どんな人《ひと》たちなのか。

夜《よる》、ふとんの中《なか》で横《よこ》たわりながら、あの気持《きも》ちを思《おも》いだすうちに、なんとなく、逃《に》げちゃいけないかもしれないな、という思《おも》いが生《しょう》じてきました。

私《わたし》は多《おお》くの幸運《こううん》にめぐまれて作家《さっか》になれた。その幸運《こううん》をあたえてくれたのは、私《わたし》をささえてくれたたくさんの人《ひと》たちで、彼女《かのじょ》ら、彼《かれ》らに包《つつ》まれながら、私《わたし》はここまで歩《ある》いてきた。

私《わたし》はあまえんぼうの、ひ弱《よわ》な弱虫《よわむし》だけど、こんなふうにささえられ、歩《ある》いてきたんだよ、と伝《つた》えられたら、作家《さっか》になりたいと夢見《ゆめみ》ていたあのころの私《わたし》のように、なやんでなやんで、もうあきらめようか、と思《おも》っている子《こ》どもたちの背《せ》にそっとふれる手《て》のような、小《ちい》さいけれど温《あたた》かい本《ほん》になるかもしれない。

山登《やまのぼ》りをしている人《ひと》が、あ、この岩《いわ》に手《て》をかけたら、うまく登《のぼ》れる、と気《き》づいて、後《あと》からやってくる人《ひと》に、「この岩《いわ》、大丈夫《だいじょうぶ》ですよ!」と声《こえ》をかけるように、私《わたし》なんぞの話《はなし》でも、これから岩山《いわやま》を登《のぼ》っていく子《こ》どもたちに、小《ちい》さな手《て》がかりをあたえられるとしたら、それは本当《ほんとう》に幸《しあわ》せなことだ、という気持《きも》ちが、だんだんわいてきたのです。

それに、もうひとつ。これまで、じつにたくさん、お便《たよ》りでご質問《しつもん》や、総合学習《そうごうがくしゅう》などでインタビューしたい、というようなご依頼《いらい》をいただいてきたのですが、あまりに多《おお》すぎて、すべてにおこたえすることはできず、全員《ぜんいん》におこたえできないなら、どなたかを選《えら》んで、というのは不公平《ふこうへい》な気《き》がして、心《こころ》の中《なか》で「ごめんなさい。」と頭《あたま》を下《さ》げながら、どのご依頼《いらい》もお受《う》けすることなく、読者《どくしゃ》からのお便《たよ》りにもお返事《へんじ》をせずに過《す》ごしてきました。

せっかく問《と》いかけてくださっているのに、おこたえしないというのが心苦《こころぐる》しくて、申《もう》しわけない、という思《おも》いがつのっているのですが、でも、そういうご質問《しつもん》に答《こた》えるのは、とてもとてもむずかしいことで、お手紙《てがみ》やアンケート用紙《ようし》に書《か》いて伝《つた》えられるようなものではなくて、こまったなぁ、どうしたらいいかなぁ、と長年《ながねん》なやみつづけていたのでした。

なにしろ、「どうやったら作家《さっか》になれますか。」「『獣《けもの》の奏者《そうじゃ》』や『精霊《せいれい》の守《も》り人《びと》』みたいな話《はなし》は、どうやって生《う》まれてくるんですか。」というご質問《しつもん》に、本当《ほんとう》に意味《いみ》のあるお答《こた》えをするためには、その物語《ものがたり》を書《か》くまでに私《わたし》がたどってきた道程《どうてい》をすべて、お伝《つた》えしなければなりませんから。——物語《ものがたり》は、私《わたし》そのものですから。

長岡《ながおか》ちゃんが、「瀧《たき》さんにインタビューをしていただき、文章《ぶんしょう》にしていただく、というかたちで作《つく》りたいんです。」と言《い》っていたことも、なるほど、それはありがたいことかもしれない、と思《おも》うようになりました。

自伝《じでん》ではなく、聞《き》き取《と》りならば、そこにあらわれてくるのは「自分《じぶん》が思《おも》いこんでいる自《じ》分《ぶん》」ではなく、「人《ひと》から見《み》えている私《わたし》の姿《すがた》」――読者《どくしゃ》が知《し》りたい、と思《おも》ってくださってい る私《わたし》の姿《すがた》だろう。それならば、もしかすると、本《ほん》にする意味《いみ》があるかもしれない、と思《おも》えてきたのです。

インタビュアーが瀧《たき》さんだ、ということも、この企画《きかく》をお受《う》けした大《おお》きな理由《りゆう》のひとつでした。これまでもさまざまな機会《きかい》でインタビューしていただきましたが、瀧《たき》さんはじつに不思議《ふしぎ》な才能《さいのう》をもった方《かた》で、私《わたし》が自分《じぶん》では意識《いしき》していなかった心《こころ》の底《そこ》にあるものまで、すっとつかまえて、ひきだしてしまう、魔法《まほう》のような力《ちから》をもっておられます。

瀧《たき》さんの魔法《まほう》の手《て》によって、自分《じぶん》でも気《き》づかなかったことが、つぎつぎひっぱりだされてきて、できあがったのが、この本《ほん》です。

読《よ》んでみると、自分《じぶん》のことであるような、ないような、不思議《ふしぎ》な心地《ここち》がしますし、まだ、「わっ！」と頭《あたま》をかかえて逃《に》げだしたい気分《きぶん》も、たんと残《のこ》っていますが、いったんまな板《いた》の上《うえ》にのるのを承知《しょうち》したのですから、いさぎよく肚《はら》をくって、世《よ》に送《おく》りだしましょう。

こんな人間《にんげん》でも作家《さっか》になれるのか。よし、そんじゃ、やってみよう、と、子《こ》どもたちが思《おも》ってくれるなら、はじをかく意味《いみ》もあるってもんです。

私《わたし》もまだ、へろへろしながら山《やま》を登《のぼ》っているとちゅうです。おたがい、がんばりましょう。

魔法《まほう》の手《て》で、私《わたし》の中《なか》から言葉《ことば》をひきだしてくださっただけでなく、あちこちにふっとんでいく私《わたし》の話《はなし》をみごとにまとめて、本《ほん》にしてくださった瀧晴巳《たきはるみ》さんに、まずは、本当《ほんとう》に、心《こころ》からお礼《れい》を申《もう》し上《あ》げます。

この本《ほん》をつくるきっかけをくださった長岡香織《ながおかかおり》さん、みごとに本《ほん》にしてくださった川崎《かわさき》萌美《もえみ》さん、自宅《じたく》の本棚《ほんだな》の前《まえ》で、気楽《きらく》な気分《きぶん》で立《た》っている姿《すがた》をやわらかな印象《いんしょう》に撮《と》ってくださった山本玄《やまもとげん》さん、その写真《しゃしん》を楽《たの》しい表紙《ひょうし》に装丁《そうてい》してくださった脇田明日香《わきたあすか》さん、そして、温《あたた》かく私《わたし》を抱《だ》きしめ育《はぐく》んでくれた家族《かぞく》、恩師《おんし》たち、相棒《あいぼう》、友人《ゆうじん》たち、親戚《しんせき》の皆《みな》さんに、この場《ば》を借《か》りて心《こころ》から感謝《かんしゃ》いたします。
どうもありがとうございました！

平成《へいせい》二十八年《ねん》六月《がつ》十五日《にち》　日吉《ひよし》にて

上橋《うえはし》　菜穂子《なほこ》

ブックリスト
上橋菜穂子《うえはしなほこ》が読《よ》んだ本《ほん》

中学生《ちゅうがくせい》のころ、本棚《ほんだな》には数百冊《すうひゃくさつ》以上《いじょう》の本《ほん》があったという上橋菜穂子《うえはしなほこ》さん。

このブックリストは、上橋菜穂子《うえはしなほこ》さんが幼少《ようしょう》期《き》からこれまでに読《よ》んできた本《ほん》のうち、ごく一部《いちぶ》ではありますが、講演会《こうえんかい》やインタビューなどでも紹介《しょうかい》してきた、思《おも》い出《で》に残《のこ》る本《ほん》です。◎がついているものは、本書《ほんしょ》のなかでも紹介《しょうかい》しています。

作品《さくひん》によっては、さまざまな版《はん》がありますが、上橋菜穂子《うえはしなほこ》さんがはじめて読《よ》んだのと同《おな》じ年齢《ねんれい》の人《ひと》が、いま手《て》に取《と》れる版《はん》のものを、できるだけ紹介《しょうかい》しています。

（なかには、現在入手困難《げんざいにゅうしゅこんなん》な書目《しょもく》もあります。）

【小学生以前《しょうがくせいいぜん》】

・松谷《まつたに》みよ子《こ》『モモちゃんとプー』講談社《こうだんしゃ》

◎ウォルト・ディズニー／絵《え》　鶴見正夫《つるみまさお》／文《ぶん》『王《おう》さまの剣《つるぎ》』講談社《こうだんしゃ》（本書《ほんしょ》47ページ）

◎ハインリッヒ・ホフマン／作《さく》　ささきたづこ／訳《やく》『もじゃもじゃペーター』ほるぷ出版《しゅっぱん》（本書《ほんしょ》47ページ）

【小学生《しょうがくせい》】

◎相沢忠洋《あいざわただひろ》『「岩宿《いわじゅく》」の発見《はっけん》―幻《まぼろし》の旧石器《きゅうせっき》を求《もと》めて』講談社文庫《こうだんしゃぶんこ》（本書《ほんしょ》72ページ）

・石森延男《いしもりのぶお》『コタンの口笛《くちぶえ》』偕成社文庫《かいせいしゃぶんこ》

・いぬいとみこ『木かげの家《いえ》の小人《こびと》たち』福音館書店《ふくいんかんしょてん》

・いぬいとみこ『くらやみの谷《たに》の小人《こびと》たち』福音館書店《ふくいんかんしょてん》

・大谷勝義《おおたにかつよし》『ウタリーの星《ほし》　天才《てんさい》アイヌ人学者《じんがくしゃ》知里真志《ちりまし》保《ほ》の一生《いっしょう》』講談社《こうだんしゃ》

・神沢利子《かんざわとしこ》『銀《ぎん》のほのおの国《くに》』福音館文庫《ふくいんかんぶんこ》

・崎川範行《さきかわのりゆき》『エジソン』講談社《こうだんしゃ》火《ひ》の鳥伝記文庫《とりでんきぶんこ》

・佐藤《さとう》さとる『コロボックル物語《ものがたり》①　だれも知《し》らない小《ちい》さな国《くに》』講談社《こうだんしゃ》

・下村湖人《しもむらこじん》『次郎物語《じろうものがたり》』講談社青《こうだんしゃあお》い鳥文庫《とりぶんこ》

◎生源寺美子《しょうげんじよしこ》『キュリー夫人《ふじん》』小学館《しょうがくかん》（本書《ほんしょ》45ページ）
・坪田譲治《つぼたじょうじ》『子供《こども》の四季《しき》』新潮文庫《しんちょうぶんこ》
・長崎源之助《ながさきげんのすけ》『ゲンのいた谷《たに》』講談社文庫《こうだんしゃぶんこ》
・滑川道夫《なめかわみちお》『野口英世《のぐちひでよ》』講談社火《こうだんしゃひ》の鳥伝記文庫《とりでんきぶんこ》
・原田一美《はらだかずみ》『ホタルの歌《うた》』未知谷《みちたに》
・舟崎克彦《ふなざきよしひこ》、舟崎靖子《ふなざきやすこ》『トンカチと花将軍《はなしょうぐん》』福音館文庫《ふくいんかんぶんこ》
・松岡洋子《まつおかようこ》『リンカーン』講談社火《こうだんしゃひ》の鳥伝記文庫《とりでんきぶんこ》
・松谷《まつたに》みよ子《こ》『ふたりのイーダ』講談社《こうだんしゃ》
・椋《むく》 鳩十《はとじゅう》『マヤの一生《いっしょう》』ポプラ社《しゃ》
・山中《やまなか》 恒《ひさし》『ぼくがぼくであること』岩波少年文庫《いわなみしょうねんぶんこ》
・エドモンド・デ・アミーチス／著《ちょ》 和田忠彦《わだただひこ》／訳《やく》
『クオーレ』平凡社《へいぼんしゃ》
◎ジュール・ヴェルヌ／著《ちょ》 私市保彦《きさいちやすひこ》／訳《やく》
『海底二万里《かいていにまんり》』岩波少年文庫《いわなみしょうねんぶんこ》（本書《ほんしょ》47ページ）
・ルイザ・メイ・オルコット／著《ちょ》 海都洋子《かいとようこ》／訳《やく》
『若草物語《わかくさものがたり》』岩波少年文庫《いわなみしょうねんぶんこ》
◎シュリーマン／著《ちょ》 関《せき》 楠生《くすお》／訳《やく》『古代《こだい》への情熱《じょうねつ》—
シュリーマン自伝《じでん》』新潮文庫《しんちょうぶんこ》（本書《ほんしょ》72ページ）
・ダニエル・デフォー／著《ちょ》 海保眞夫《かいほまさお》／訳《やく》
『ロビンソン・クルーソー』岩波少年文庫《いわなみしょうねんぶんこ》
・メアリー・ノートン／著《ちょ》 林《はやし》 容吉《ようきち》／訳《やく》
『床下《ゆかした》の小人《こびと》たち』岩波少年文庫《いわなみしょうねんぶんこ》
・フランシス・ホジソン・バーネット／著《ちょ》 猪熊葉子《いのくまようこ》／訳《やく》
『秘密《ひみつ》の花園《はなぞの》』福音館文庫《ふくいんかんぶんこ》
・フランシス・ホジソン・バーネット／著《ちょ》 坂崎麻子《さかざきあさこ》／訳《やく》
『小公子《しょうこうし》』偕成社文庫《かいせいしゃぶんこ》
・フランシス・ホジソン・バーネット／著《ちょ》 谷村《たにむら》まち子《こ》／訳《やく》
『小公女《しょうこうじょ》』偕成社文庫《かいせいしゃぶんこ》
・ハンス・バウマン／著《ちょ》 大塚勇三《おおつかゆうぞう》／訳《やく》
『ハンニバルの象《ぞう》つかい』岩波書店《いわなみしょてん》
◎A《エー》・T《ティー》・ホワイト／作《さく》 後藤冨男《ごとうとみお》／訳《やく》
『埋《うず》もれた世界《せかい》』岩波少年文庫《いわなみしょうねんぶんこ》（本書《ほんしょ》72ページ）
・ビクトル・ユーゴー／著《ちょ》 塚原亮一《つかはらりょういち》／訳《やく》
『レ・ミゼラブル　ああ無情《むじょう》』講談社青《こうだんしゃあお》い鳥文庫《とりぶんこ》
◎アーサー・ランサム／著《ちょ》 神宮輝夫《じんぐうてるお》／訳《やく》
『ツバメ号《ごう》とアマゾン号《ごう》』岩波少年文庫《いわなみしょうねんぶんこ》（本書《ほんしょ》66ページ）
・アストリッド・リンドグレーン／著《ちょ》 尾崎《おざき》 義《よし》／訳《やく》
『名探偵《めいたんてい》カッレくん』岩波少年文庫《いわなみしょうねんぶんこ》

・アストリッド・リンドグレーン／著《ちょ》 尾崎《おざき》 義《よし》／訳《やく》
『カッレくんの冒険《ぼうけん》』 岩波少年文庫《いわなみしょうねんぶんこ》

【中高校生《ちゅうこうこうせい》】

住井《すみい》すゑ『夜《よ》あけ朝《あさ》あけ』 新潮文庫《しんちょうぶんこ》
戸川幸夫《とがわゆきお》『高安犬物語《たかやすいぬものがたり》』 国土社《こくどしゃ》
眉村《まゆむら》 卓《たく》『なぞの転校生《てんこうせい》』 講談社青《こうだんしゃあお》い鳥文庫《とりぶんこ》
三木《みき》 清《きよし》『人生論《じんせいろん》ノート』 新潮文庫《しんちょうぶんこ》
◎光瀬《みつせ》 龍《りゅう》『夕《ゆう》ばえ作戦《さくせん》』 角川春樹事務所《かどかわはるきじむしょ》（本書《ほんしょ》108ページ）
◎アリソン・アトリー／著《ちょ》 松野正子《まつのまさこ》／訳《やく》『時《とき》の旅人《たびびと》』
岩波少年文庫《いわなみしょうねんぶんこ》（本書《ほんしょ》108ページ）
・ジュール・ヴェルヌ／著《ちょ》 波多野完治《はたのかんじ》／訳《やく》
『十五少年漂流記《しょうねんひょうりゅうき》』 新潮文庫《しんちょうぶんこ》
・ジョーン・エイケン／著《ちょ》 大橋善恵《おおはしよしえ》／訳《やく》
『ナンタケットの夜鳥《やちょう》』 冨山房《ふざんぼう》
・ジョーン・エイケン／著《ちょ》 大橋善恵《おおはしよしえ》／訳《やく》
『バターシー城《じょう》の悪者《わるもの》たち』 冨山房《ふざんぼう》
◎レジョナルド・オトリー／著《ちょ》 倉本《くらもと》 護《まもる》／訳《やく》
『ラッグズ！ ぼくらはいつもいっしょだ』
大日本図書《だいにっぽんとしょ》（本書《ほんしょ》143ページ）

・アラン・ガーナー／著《ちょ》 芦川長三郎《あしかわちょうざぶろう》／訳《やく》
『ブリジンガメンの魔法《まほう》の宝石《ほうせき》』 評論社《ひょうろんしゃ》
・アラン・ガーナー／著《ちょ》 神宮輝夫《じんぐうてるお》／訳《やく》
『ふくろう模様《もよう》の皿《さら》』 評論社《ひょうろんしゃ》
・スーザン・クーパー／著《ちょ》 武内孝夫《たけうちたかお》／訳《やく》
『コーンウォールの聖杯《せいはい》』 学研《がっけん》
・スーザン・クーパー／著《ちょ》 浅羽莢子《あさばさやこ》／訳《やく》
『光《ひかり》の六つのしるし』 評論社《ひょうろんしゃ》
・スーザン・クーパー／著《ちょ》 浅羽莢子《あさばさやこ》／訳《やく》
『みどりの妖婆《ようば》』 評論社《ひょうろんしゃ》
・スーザン・クーパー／著《ちょ》 浅羽莢子《あさばさやこ》／訳《やく》
『灰色《はいいろ》の王《おう》』 評論社《ひょうろんしゃ》
・スーザン・クーパー／著《ちょ》 浅羽莢子《あさばさやこ》／訳《やく》
『樹上《じゅじょう》の銀《ぎん》』 評論社《ひょうろんしゃ》
・R《アール》・L《エル》・グリーン／編《へん》 厨川文夫《くりやがわふみお》／訳《やく》
『アーサー王物語《おうものがたり》』 岩波少年文庫《いわなみしょうねんぶんこ》
・アガサ・クリスティー／著《ちょ》 中村能三《なかむらよしみ》／訳《やく》
『オリエント急行《きゅうこう》の殺人《さつじん》』 ハヤカワ文庫《ぶんこ》
・アガサ・クリスティー／著《ちょ》 乾《いぬい》 信一郎《しんいちろう》／訳《やく》

『バートラム・ホテルにて』ハヤカワ文庫《ぶんこ》
◎シオドーラ・クローバー／著《ちょ》 中野好夫《なかのよしお》、中野妙子《なかのたえこ》／訳《やく》
『イシ――二つの世界《せかい》に生《い》きたインディアンの物語《ものがたり》』
岩波書店《いわなみしょてん》（本書《ほんしょ》162ページ）
◎ローズマリ・サトクリフ／著《ちょ》 猪熊葉子《いのくまようこ》／訳《やく》
『第九軍団《だいきゅうぐんだん》のワシ』岩波少年文庫《いわなみしょうねんぶんこ》（本書《ほんしょ》88ページほか）
・ローズマリ・サトクリフ／著《ちょ》 猪熊葉子《いのくまようこ》／訳《やく》
『運命《うんめい》の騎士《きし》』岩波少年文庫《いわなみしょうねんぶんこ》
・ローズマリ・サトクリフ／著《ちょ》 猪熊葉子《いのくまようこ》／訳《やく》
『ともしびをかかげて』上《じょう》・下《げ》 岩波少年文庫《いわなみしょうねんぶんこ》
・ローズマリ・サトクリフ／著《ちょ》 猪熊葉子《いのくまようこ》／訳《やく》
『太陽《たいよう》の戦士《せんし》』岩波少年文庫《いわなみしょうねんぶんこ》
・ローズマリ・サトクリフ／著《ちょ》 猪熊葉子《いのくまようこ》／訳《やく》
『王《おう》のしるし』上《じょう》・下《げ》 岩波少年文庫《いわなみしょうねんぶんこ》
・ウォルター・スコット／著《ちょ》 菊池武一《きくちたけかず》／訳《やく》
『アイヴァンホー』上《じょう》・下《げ》 岩波文庫《いわなみぶんこ》
・ジョン・スタインベック／著《ちょ》 大門一男《おおかどかずお》／訳《やく》
『二十日鼠《はつかねずみ》と人間《にんげん》』新潮文庫《しんちょうぶんこ》
・フィリップ・ターナー／著《ちょ》 神宮輝夫《じんぐうてるお》／訳《やく》
『シェパートン大佐《たいさ》の時計《とけい》』岩波書店《いわなみしょてん》
・フィリップ・ターナー／著《ちょ》 神宮輝夫《じんぐうてるお》／訳《やく》
『ハイ・フォースの地主屋敷《じぬしやしき》』岩波書店《いわなみしょてん》
・フィリップ・ターナー／著《ちょ》 神宮輝夫《じんぐうてるお》／訳《やく》
『シー・ペリル号《ごう》の冒険《ぼうけん》』岩波書店《いわなみしょてん》
・アレクサンドル・デュマ／著《ちょ》 山内義雄《やまのうちよしお》／訳《やく》
『モンテ・クリスト伯《はく》』1〜7 岩波文庫《いわなみぶんこ》
◎J《ジェイ》・R《アール》・R《アール》・トールキン／著《ちょ》 瀬田貞二《せたていじ》／訳《やく》
「指輪物語《ゆびわものがたり》」シリーズ 評論社《ひょうろんしゃ》（本書《ほんしょ》11ページほか）
・ドストエフスキー／著《ちょ》 江川《えがわ》 卓《たく》／訳《やく》
『罪《つみ》と罰《ばつ》』上《じょう》・中《ちゅう》・下《げ》 岩波文庫《いわなみぶんこ》
・パメラ・L《エル》・トラヴァース／著《ちょ》 林《はやし》 容吉《ようきち》／訳《やく》
「メアリー・ポピンズ」シリーズ 岩波少年文庫《いわなみしょうねんぶんこ》
・スターリング・ノース／著《ちょ》 亀山龍樹《かめやまたつき》／訳《やく》
『はるかなるわがラスカル』小学館《しょうがくかん》
・ライリス・ノーマン／著《ちょ》 飯島和子《いいじまかずこ》／訳《やく》
『まぼろしの丘《おか》』篠崎書林《しのざきしょりん》
・パール・バック／著《ちょ》 小野寺《おのでら》 健《たけし》／訳《やく》
『大地《だいち》』一〜四 岩波文庫《いわなみぶんこ》

◎エドガー・ライス・バロウズ／著《ちょ》 高橋《たかはし》 豊《ゆたか》／訳《やく》
『類猿人《るいえんじん》ターザン』ハヤカワ文庫《ぶんこ》（本書《ほんしょ》79ページ）

・フィリパ・ピアス／著《ちょ》 足沢良子《たるさわよしこ》／訳《やく》
『ハヤ号《ごう》セイ川《がわ》をいく』講談社青い鳥文庫《こうだんしゃあおとりぶんこ》

◎フィリパ・ピアス／著《ちょ》 高杉一郎《たかすぎいちろう》／訳《やく》
『トムは真夜中《まよなか》の庭《にわ》で』岩波少年文庫《いわなみしょうねんぶんこ》（本書《ほんしょ》108ページ）

・ジェームズ・ヒルトン／著《ちょ》 菊池重三郎《きくちしげさぶろう》／訳《やく》
『チップス先生《せんせい》さようなら』新潮文庫《しんちょうぶんこ》

・エミリー・ブロンテ／著《ちょ》 鴻巣友季子《こうのすゆきこ》／訳《やく》
『嵐《あらし》が丘《おか》』新潮文庫《しんちょうぶんこ》

◎バルトス・ヘップナー／著《ちょ》 上田真而子《うえだまにこ》／訳《やく》
『コサック軍《ぐん》 シベリアをゆく』岩波書店《いわなみしょてん》（本書《ほんしょ》85ページ）

◎バルトス・ヘップナー／著《ちょ》 上田真而子《うえだまにこ》／訳《やく》
『急《いそ》げ 草原《そうげん》の王《おう》のもとへ』岩波書店《いわなみしょてん》（本書《ほんしょ》86ページ）

◎ルーシー・M《エム》・ボストン／著《ちょ》 立花美乃里《たちばなみのり》／訳《やく》
『意地《いじ》っぱりのおばかさん―ルーシー・M《エム》・ボストン自伝《じでん》』福音館日曜日文庫《ふくいんかんにちようびぶんこ》（本書《ほんしょ》116ページ）

◎ルーシー・M《エム》・ボストン／著《ちょ》 亀井俊介《かめいしゅんすけ》／訳《やく》
『グリーン・ノウの子《こ》どもたち』評論社《ひょうろんしゃ》（本書《ほんしょ》108ページ）

◎ルーシー・M《エム》・ボストン／著《ちょ》 亀井俊介《かめいしゅんすけ》／訳《やく》
『グリーン・ノウのお客《きゃく》さま』評論社《ひょうろんしゃ》（本書《ほんしょ》114ページ）

・トーマス・マン／著《ちょ》 関《せき》 泰祐《たいすけ》、望月市恵《もちづきいちえ》／訳《やく》
『魔《ま》の山《やま》』上《じょう》・下《げ》 岩波文庫《いわなみぶんこ》

・ルーシー・モード・モンゴメリー／著《ちょ》 掛川恭子《かけがわやすこ》／訳《やく》
『赤毛《あかげ》のアン』講談社文庫《こうだんしゃぶんこ》

・アンソニー・リチャードソン／著《ちょ》 藤原英司《ふじわらえいじ》／訳《やく》
『戦場《せんじょう》をかける犬《いぬ》』文春文庫《ぶんしゅんぶんこ》

・C《シー》・S《エス》・ルイス／著《ちょ》 瀬田貞二《せたていじ》／訳《やく》
『ナルニア国物語《こくものがたり》』1〜7 岩波書店《いわなみしょてん》

◎アーシュラ・K《ケー》・ル＝グウィン／著《ちょ》 清水真砂子《しみずまさこ》／訳《やく》
「ゲド戦記《せんき》」シリーズ 岩波書店《いわなみしょてん》（本書《ほんしょ》8ページほか）

・ロマン・ローラン／著《ちょ》 豊島与志雄《とよしまよしお》／訳《やく》
『ジャン・クリストフ』1〜4 岩波文庫《いわなみぶんこ》

・ジャック・ロンドン／著《ちょ》 深町眞理子《ふかまちまりこ》／訳《やく》
『野性《やせい》の呼《よ》び声《ごえ》』光文社古典新訳文庫《こうぶんしゃこてんしんやくぶんこ》

・ローラ・インガルス・ワイルダー／著《ちょ》
「大草原《だいそうげん》の小《ちい》さな家《いえ》」シリーズ 福音館書店《ふくいんかんしょてん》、岩波少年文庫《いわなみしょうねんぶんこ》、講談社青い鳥文庫《こうだんしゃあおとりぶんこ》

【大学生以降《だいがくせいいこう》】

《文芸《ぶんげい》》

・安房直子《あわなおこ》『きつねの窓《まど》』ポプラ社《しゃ》
・伊藤遊《いとうゆう》『えんの松原《まつばら》』福音館書店《ふくいんかんしょてん》
・稲見一良《いなみいつら》『ダック・コール』ハヤカワ文庫《ぶんこ》ＪＡ《ジェイエー》
・茨木《いばらぎ》のり子《こ》『歳月《さいげつ》』花神社《かしんしゃ》
・大木実《おおきみのる》『大木実全詩集《おおきみのるぜんししゅう》』潮流社《ちょうりゅうしゃ》
・小川洋子《おがわようこ》『ミーナの行進《こうしん》』中公文庫《ちゅうこうぶんこ》
・小川洋子《おがわようこ》『博士《はかせ》の愛《あい》した数式《すうしき》』新潮文庫《しんちょうぶんこ》
・荻原規子《おぎわらのりこ》『空色勾玉《そらいろまがたま》』徳間書店《とくましょてん》
・荻原規子《おぎわらのりこ》『ＲＤＧ　レッドデータガール』１～６　角川書店《かどかわしょてん》
・恩田陸《おんだりく》『六番目《ばんめ》の小夜子《さよこ》』新潮文庫《しんちょうぶんこ》
・恩田陸《おんだりく》『夜《よる》のピクニック』新潮文庫《しんちょうぶんこ》
・国木田独歩《くにきだどっぽ》『武蔵野《むさしの》』新潮文庫《しんちょうぶんこ》
・佐藤多佳子《さとうたかこ》『イグアナくんの　おじゃまな毎日《まいにち》』偕成社《かいせいしゃ》
・佐藤多佳子《さとうたかこ》『一瞬《いっしゅん》の風《かぜ》になれ』１～３　講談社文庫《こうだんしゃぶんこ》
・佐藤多佳子《さとうたかこ》『聖夜《せいや》─School《スクール》 and《アンド》 Music《ミュージック》』文藝春秋《ぶんげいしゅんじゅう》
・須賀敦子《すがあつこ》『トリエステの坂道《さかみち》』新潮文庫《しんちょうぶんこ》
・梨木香歩《なしきかほ》『家守綺譚《いえもりきたん》』新潮文庫《しんちょうぶんこ》
・夏目漱石《なつめそうせき》『硝子戸《がらすど》の中《うち》』新潮文庫《しんちょうぶんこ》
・福永光司《ふくながみつじ》『老子《ろうし》』朝日新聞社《あさひしんぶんしゃ》
・藤沢周平《ふじさわしゅうへい》『蟬《せみ》しぐれ』文春文庫《ぶんしゅんぶんこ》
・藤沢周平《ふじさわしゅうへい》『橋《はし》ものがたり』新潮文庫《しんちょうぶんこ》
・藤沢周平《ふじさわしゅうへい》『三屋清左衛門残日録《みつやせいざえもんざんじつろく》』文春文庫《ぶんしゅんぶんこ》
・藤沢周平《ふじさわしゅうへい》『用心棒日月抄《ようじんぼうじつげつしょう》』新潮文庫《しんちょうぶんこ》
・船曳由美《ふなびきゆみ》『一〇〇年前《ねんまえ》の女《おんな》の子《こ》』講談社《こうだんしゃ》
・水村美苗《みずむらみなえ》『本格小説《ほんかくしょうせつ》』上《じょう》・下《げ》　新潮文庫《しんちょうぶんこ》
・宮部《みやべ》みゆき『火車《かしゃ》』新潮文庫《しんちょうぶんこ》
・宮部《みやべ》みゆき『蒲生邸事件《がもうていじけん》』文春文庫《ぶんしゅんぶんこ》
・宮部《みやべ》みゆき『龍《りゅう》は眠《ねむ》る』新潮文庫《しんちょうぶんこ》
・コニー・ウィリス／著《ちょ》　大森望《おおもりのぞみ》／訳《やく》
『ドゥームズデイ・ブック』上《じょう》・下《げ》　ハヤカワ文庫《ぶんこ》
・Ａ《エー》・Ｅ《イー》・ヴァン・ヴォクト／著《ちょ》　浅倉久志《あさくらひさし》／訳《やく》
『スラン』ハヤカワ文庫《ぶんこ》
・スティーヴン・キング／著《ちょ》　深町眞理子《ふかまちまりこ》／訳《やく》
『ファイアスターター』上《じょう》・下《げ》　新潮文庫《しんちょうぶんこ》
・スティーヴン・キング／著《ちょ》　吉野美恵子《よしのみえこ》／訳《やく》
『デッド・ゾーン』上《じょう》・下《げ》　新潮文庫《しんちょうぶんこ》

◎ジョン・スタインベック／著《ちょ》 土屋政雄《つちやまさお》／訳《やく》
『エデンの東《ひがし》』ハヤカワepi《エピ》文庫《ぶんこ》（本書《ほんしょ》132ページ）
・ロバート・B《ビー》・パーカー／著《ちょ》 菊池《きくち》 光《みつ》／訳《やく》
『初秋《しょしゅう》』ハヤカワ・ミステリ文庫《ぶんこ》
・フランク・ハーバート／著《ちょ》 矢野《やの》 徹《てつ》／訳《やく》
『デューン 砂《すな》の惑星《わくせい》』ハヤカワ文庫《ぶんこ》
・レイモンド・E《イー》・フィースト／著《ちょ》 岩原明子《いわはらあきこ》／訳《やく》
『魔術師《まじゅつし》の帝国《ていこく》』上《じょう》・下《げ》ハヤカワ文庫《ぶんこ》
・ケン・フォレット／著《ちょ》 矢野浩三郎《やのこうざぶろう》／訳《やく》『大聖堂《だいせいどう》』
上《じょう》・中《ちゅう》・下《げ》 ソフトバンク文庫《ぶんこ》
・マリオン・ジマー・ブラッドリー／著《ちょ》 岩原明子《いわはらあきこ》／訳《やく》
『アヴァロンの霧《きり》』1〜4 ハヤカワ文庫《ぶんこ》
・ディック・フランシス／著《ちょ》 菊池《きくち》 光《みつ》／訳《やく》
『直線《ちょくせん》』ハヤカワ・ミステリ文庫《ぶんこ》
・ディック・フランシス／著《ちょ》 菊池《きくち》 光《みつ》／訳《やく》
『黄金《おうごん》』ハヤカワ・ミステリ文庫《ぶんこ》
・ディック・フランシス／著《ちょ》 菊池《きくち》 光《みつ》／訳《やく》
『標的《ひょうてき》』ハヤカワ・ミステリ文庫《ぶんこ》
・アン・マキャフリイ／著《ちょ》 船戸牧子《ふなどまきこ》、小尾芙佐《おびふさ》／訳《やく》
「パーンの竜騎士《りゅうきし》」シリーズ ハヤカワ文庫《ぶんこ》
・パトリシア・A《エー》・マキリップ／著《ちょ》 佐藤高子《さとうたかこ》／訳《やく》
『妖女《ようじょ》サイベルの呼《よ》び声《ごえ》』ハヤカワ文庫《ぶんこ》
◎マルクス・アウレーリウス／著《ちょ》 神谷美恵子《かみやみえこ》／訳《やく》
『自省録《じせいろく》』岩波文庫《いわなみぶんこ》（本書《ほんしょ》132ページ）
◎パトリシア・ライトソン／著《ちょ》 猪熊葉子《いのくまようこ》／訳《やく》
『星《ほし》に叫《さけ》ぶ岩《いわ》ナルガン』評論社《ひょうろんしゃ》（本書《ほんしょ》145ページ）

《学術関係《がくじゅつかんけい》》

・岩田慶治《いわたけいじ》『コスモスの思想《しそう》』岩波書店《いわなみしょてん》
・多田富雄《ただとみお》『免疫《めんえき》の意味論《いみろん》』青土社《せいどしゃ》
・中沢新一《なかざわしんいち》『チベットのモーツァルト』講談社学術文庫《こうだんしゃがくじゅつぶんこ》
・二宮宏之《にのみやひろゆき》『全体《ぜんたい》を見《み》る眼《め》と歴史家《れきしか》たち』平凡社《へいぼんしゃ》
・林《はやし》 佳世子《かよこ》『オスマン帝国《ていこく》500年《ねん》の平和《へいわ》』講談社《こうだんしゃ》
◎宮本常一《みやもとつねいち》『忘《わす》れられた日本人《にほんじん》』岩波文庫《いわなみぶんこ》（本書《ほんしょ》58ページ）
◎柳田國男《やなぎたくにお》『遠野物語《とおのものがたり》・山《やま》の人生《じんせい》』岩波文庫《いわなみぶんこ》（本書《ほんしょ》26ページほか）
◎山口昌男《やまぐちまさお》『アフリカの神話的世界《しんわてきせかい》』岩波新書《いわなみしんしょ》（本書《ほんしょ》131ページ）
・ベネディクト・アンダーソン／著《ちょ》 白石《しらいし》 隆《たかし》、
白石《しらいし》さや／訳《やく》『定本《ていほん》 想像《そうぞう》の共同体《きょうどうたい》
―ナショナリズムの起源《きげん》と流行《りゅうこう》』書籍工房早山《しょせきこうぼうはやま》

◎ピエール・クラストル／著《ちょ》 渡辺公三《わたなべこうぞう》／訳《やく》
『国家《こっか》に抗《こう》する社会《しゃかい》―政治人類学研究《せいじじんるいがくけんきゅう》』水声社《すいせいしゃ》（本書《ほんしょ》146ページ）
・ユクスキュル、クリサート／著《ちょ》 日高敏隆《ひだかとしたか》、
羽田節子《はねだせつこ》／訳《やく》『生物《せいぶつ》から見《み》た世界《せかい》』岩波文庫《いわなみぶんこ》
・エドワード・W《ダブリュー》・サイード／著《ちょ》 今沢紀子《いまざわのりこ》／訳《やく》
『オリエンタリズム』上《じょう》・下《げ》 平凡社《へいぼんしゃ》
・メアリ・ダグラス／著《ちょ》 塚本利明《つかもととしあき》／訳《やく》『汚穢《おわい》と禁忌《きんき》』
ちくま学芸文庫《がくげいぶんこ》
・サリー・モーガン／著《ちょ》 加藤《かとう》めぐみ／訳《やく》
『マイ・プレイス―アボリジナルの愛《あい》と真実《しんじつ》の物語《ものがたり》』
上《じょう》・下《げ》 サイマル出版会《しゅっぱんかい》
・オスカー・ルイス／著《ちょ》 高山智博《たかやまともひろ》、染谷臣道《そめやよしみち》、
宮本《みやもと》 勝《まさる》／訳《やく》『貧困《ひんこん》の文化《ぶんか》―メキシコの〈五つの家《か》
族《ぞく》〉』 ちくま学芸文庫《がくげいぶんこ》
・クロード・レヴィ＝ストロース／著《ちょ》 大橋保夫《おおはしやすお》／訳《やく》
『野生《やせい》の思考《しこう》』 みすず書房《しょぼう》

《漫画《まんが》》

◎内田善美《うちだよしみ》『時《とき》への航海誌《こうかいし》』（『ひぐらしの森《もり》』所収《しょしゅう》）集英社《しゅうえいしゃ》（本書《ほんしょ》120ページ）
・漆原友紀《うるしばらゆき》『蟲師《むしし》』講談社《こうだんしゃ》
◎車田正美《くるまだまさみ》『リングにかけろ』集英社《しゅうえいしゃ》（本書《ほんしょ》36ページ）
・佐藤史生《さとうしお》『夢《ゆめ》みる惑星《わくせい》』1〜3 小学館文庫《しょうがくかんぶんこ》
・佐藤史生《さとうしお》『金星樹《きんせいじゅ》』新潮社《しんちょうしゃ》
・佐藤史生《さとうしお》『この貧《まず》しき地上《ちじょう》に』新書館《しんしょかん》
・佐藤史生《さとうしお》『精霊王《せいれいおう》―徳永《とくなが》メイ原案作品集《げんあんさくひんしゅう》』小学館文庫《しょうがくかんぶんこ》
・佐藤史生《さとうしお》『やどり木《ぎ》』新書館《しんしょかん》
・佐藤史生《さとうしお》『鬼追《おにお》うもの』小学館《しょうがくかん》
・手塚治虫《てづかおさむ》『ブラック・ジャック』シリーズ
手塚治虫文庫全集《てづかおさむぶんこぜんしゅう》 講談社《こうだんしゃ》
・手塚治虫《てづかおさむ》『海《うみ》のトリトン』手塚治虫文庫全集《てづかおさむぶんこぜんしゅう》 講談社《こうだんしゃ》
・手塚治虫《てづかおさむ》『火《ひ》の鳥《とり》』手塚治虫文庫全集《てづかおさむぶんこぜんしゅう》 講談社《こうだんしゃ》
・手塚治虫《てづかおさむ》『フライングベン』手塚治虫文庫全集《てづかおさむぶんこぜんしゅう》 講談社《こうだんしゃ》
・萩尾望都《はぎおもと》『トーマの心臓《しんぞう》』小学館文庫《しょうがくかんぶんこ》
・萩尾望都《はぎおもと》『ポーの一族《いちぞく》』小学館文庫《しょうがくかんぶんこ》
・萩尾望都《はぎおもと》『11人《にん》いる！』小学館文庫《しょうがくかんぶんこ》
・萩尾望都《はぎおもと》『続《ぞく》・11人《にん》いる！ 東《ひがし》の地平《ちへい》 西《にし》の永遠《とわ》
萩尾望都作品集《はぎおもとさくひんしゅう》14』 小学館《しょうがくかん》
・三原《みはら》 順《じゅん》「はみだしっ子《こ》」シリーズ 白泉社文庫《はくせんしゃぶんこ》
◎山本鈴美香《やまもとすみか》『エースをねらえ！』集英社《しゅうえいしゃ》（本書《ほんしょ》37ページ）

ブックリスト
上橋《うえはし》菜穂子《なほこ》が書《か》いた本《ほん》

【「獣《けもの》の奏者《そうじゃ》」シリーズ】 絵《え》／浅野隆広《あさのたかひろ》（単行本《たんこうぼん》）武本糸会《たけもといとえ》（青《あお》い鳥文庫《とりぶんこ》）原島《はらしま》順《じゅん》、江場左知子《えばさちこ》（講談社文庫《こうだんしゃぶんこ》）

I

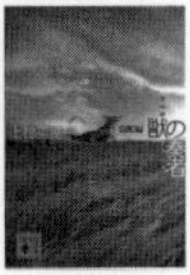

『獣《けもの》の奏者《そうじゃ》I　闘蛇編《とうだへん》』 講談社《こうだんしゃ》（単行本《たんこうぼん》、青《あお》い鳥文庫《とりぶんこ》、講談社文庫《こうだんしゃぶんこ》）

〝穢《けが》れたる獣《けもの》〟闘蛇《とうだ》、〝聖《せい》なる獣《けもの》〟王獣《おうじゅう》。すべてはここから始《はじ》まった！

リョザ神王国《しんおうこく》。闘蛇村《とうだそん》に暮《く》らす少女《しょうじょ》エリンの幸《しあわ》せな日々《ひび》は、闘蛇《とうだ》を死《し》なせた罪《つみ》に問《と》われた母《はは》との別《わか》れを境《さかい》に一転《いってん》する。母《はは》の不思議《ふしぎ》な指笛《ゆびぶえ》によって死《し》地《ち》を逃《のが》れ、蜂飼《はちか》いのジョウンに救《すく》われて九死《きゅうし》に一生《いっしょう》を得《え》たエリンは、母《はは》と同《おな》じ獣《けもの》ノ医術師《いじゅつし》を目指《めざ》すが――。壮大《そうだい》な物語《ものがたり》が、ここに幕開《まくあ》け！

絵《え》／原島《はらしま》順《じゅん》（講談社文庫《こうだんしゃぶんこ》）

『獣《けもの》の奏者《そうじゃ》II 王獣編《おうじゅうへん》』講談社《こうだんしゃ》（単行本《たんこうぼん》、青《あお》い鳥文庫《とりぶんこ》、講談社文庫《こうだんしゃぶんこ》）

国《くに》の命運《めいうん》を左右《さゆう》する宿命《しゅくめい》――心揺《こころゆ》さぶられるエリンの「選択《せんたく》」

カザルム学舎《がくしゃ》で獣《けもの》ノ医術《いじゅつ》を学《まな》び始《はじ》めたエリンは、傷《きず》ついた王獣《おうじゅう》の子《こ》リランに出会《であ》う。決《けっ》して人《ひと》に馴《な》れない、また馴《な》らしてはいけない聖《せい》なる獣《けもの》・王獣《おうじゅう》と心《こころ》を通《かよ》わせあう術《すべ》を見《み》いだしてしまったエリンは、やがて王国《おうこく》の命運《めいうん》を左右《さゆう》する戦《たたか》いに巻《ま》き込《こ》まれていく――。日本《にっぽん》ファンタジー界《かい》の金字塔《きんじとう》。

絵《え》／原島《はらしま》 順《じゅん》（講談社文庫《こうだんしゃぶんこ》）

『獣《けもの》の奏者《そうじゃ》III 探求編《たんきゅうへん》』講談社《こうだんしゃ》（単行本《たんこうぼん》、青《あお》い鳥文庫《とりぶんこ》、講談社文庫《こうだんしゃぶんこ》）

〈降臨《タハイ・アゼ》の野〉の奇跡《きせき》から11年《ねん》。物語《ものがたり》はさらなる地平《ちへい》へ

愛《あい》する者《もの》と結《むす》ばれ、母《はは》となったエリンは、ある村《むら》で起《お》きた闘蛇《とうだ》の大量死《たいりょうし》の原因《げんいん》を探《さぐ》るうち、かつて母《はは》を死《し》に追《お》いやった真相《しんそう》に行《ゆ》き当《あ》たる。夫《おっと》と息子《むすこ》との未来《みらい》のため、多《おお》くの命《いのち》を救《すく》うため、エリンは真実《しんじつ》を求《もと》めて、過去《かこ》の大《だい》災厄《さいやく》を生《い》き延《の》びた人々《ひとびと》が今《いま》も住《す》むという遥《はる》かな谷《たに》を目指《めざ》すが……。

絵《え》／原島《はらしま》 順《じゅん》（講談社文庫《こうだんしゃぶんこ》）

Ⅳ

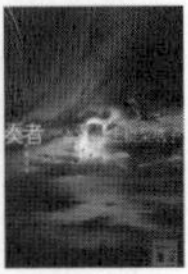

『獣《けもの》の奏者《そうじゃ》Ⅳ 完結編《かんけつへん》』講談社《こうだんしゃ》（単行本《たんこうぼん》、青《あお》い鳥文庫《とりぶんこ》、講談社文庫《こうだんしゃぶんこ》）

小《ち》さな、けれどいとおしい一瞬《いっしゅん》の輝《かがや》き。慟哭《どうこく》と感動《かんどう》のクライマックス！

闘蛇《とうだ》と王獣《おうじゅう》。秘《ひ》められた多《おお》くの謎《なぞ》をみずからの手《て》で解《と》き明《あ》かす決心《けっしん》をしたエリンは、拒《こば》み続《つづ》けてきた真王《ヨジェ》の命《めい》に従《したが》って王獣《おうじゅう》を増《ふ》やし、一大部隊《いちだいぶたい》を築《きず》き上《あ》げる。過去《かこ》の封印《ふういん》をひとつひとつ壊《こわ》し、やがて闘蛇《とうだ》が地《ち》を覆《おお》い王獣《おうじゅう》が天《てん》に舞《ま》う時《とき》、伝説《でんせつ》の大災厄《だいさいやく》は再《ふたた》びもたらされるのか。

絵《え》／原島《はらしま》 順《じゅん》（講談社文庫《こうだんしゃぶんこ》）

外伝

『獣《けもの》の奏者《そうじゃ》 外伝《がいでん》 刹那《せつな》』講談社《こうだんしゃ》（単行本《たんこうぼん》、講談社文庫《こうだんしゃぶんこ》）

壮大《そうだい》な物語世界《ものがたりせかい》に潜《ひそ》む、女《おんな》たちの生《せい》と性《せい》。

王国《おうこく》の行《ゆ》く末《すえ》を左右《さゆう》しかねぬ政治的運命《せいじてきうんめい》を背負《せお》ったエリンは、女性《じょせい》として、母親《ははおや》として、いかに生《い》きたのか。エリンの恩師《おんし》エサルの、若《わか》き頃《ころ》の「女《おんな》」の顔《かお》。彼女《かのじょ》らの輝《かがや》く一瞬《いっしゅん》を切《き》りとった物語集《ものがたりしゅう》。文庫版《ぶんこばん》にエリンの母《はは》ソヨンの素顔《すがお》を描《えが》いた単行本未収録短編《たんこうぼんみしゅうろくたんぺん》「綿毛《わたげ》」収録《しゅうろく》。

絵《え》／江場左知子《えばさちこ》（講談社文庫《こうだんしゃぶんこ》）

コミック 『獣《けもの》の奏者《そうじゃ》』 講談社《こうだんしゃ》（シリウスKC《ケーシー》、講談社文庫《こうだんしゃぶんこ》） 原作《げんさく》／上橋菜穂子《うえはしなほこ》 漫画《まんが》／武本糸会《たけもといとえ》

【「守《も》り人《びと》」シリーズ】

絵《え》／二木《ふたき》真希子《まきこ》、佐竹《さたけ》美保《みほ》（偕成社《かいせいしゃ》）中川《なかがわ》悠京《ゆうけい》（新潮社《しんちょうしゃ》）

『精霊《せいれい》の守《も》り人《びと》』 偕成社《かいせいしゃ》（単行本《たんこうぼん》・軽装版《けいそうばん》）新潮社《しんちょうしゃ》（新潮文庫《しんちょうぶんこ》）

女用心棒《おんなようじんぼう》バルサは、ふとしたことから新《しん》ヨゴ皇国《おうこく》の皇子《おうじ》チャグムを助《たす》ける。しかし、彼《かれ》は〈精霊《せいれい》の守《も》り人《びと》〉だった。

絵《え》／二木《ふたき》真希子《まきこ》（偕成社《かいせいしゃ》）

『闇《やみ》の守《も》り人《びと》』 偕成社《かいせいしゃ》（単行本《たんこうぼん》・軽装版《けいそうばん》）新潮社《しんちょうしゃ》（新潮文庫《しんちょうぶんこ》）

バルサは数十年《すうじゅうねん》ぶりに、故郷《こきょう》カンバル王国《おうこく》へもどる。かつて自分《じぶん》を救《すく》ってくれた、いまは亡《な》き養父《ようふ》ジグロの汚名《おめい》をそそぐために。

絵《え》／二木《ふたき》真希子《まきこ》（偕成社《かいせいしゃ》）

『夢《ゆめ》の守《も》り人《びと》』 偕成社《かいせいしゃ》（単行本《たんこうぼん》・軽装版《けいそうばん》）新潮社《しんちょうしゃ》（新潮文庫《しんちょうぶんこ》）

異界《いかい》の〈花《はな》〉にとらわれた者《もの》のために、人鬼《じんき》と化《か》すタンダ。バルサは、タンダをとりもどせるのか。

絵《え》／二木《ふたき》真希子《まきこ》（偕成社《かいせいしゃ》）

『虚空《こくう》の旅人《たびびと》』

偕成社《かいせいしゃ》（単行本《たんこうぼん》・軽装版《けいそうばん》）　新潮社《しんちょうしゃ》（新潮文庫《しんちょうぶんこ》）

皇太子《こうたいし》チャグムは、隣国《りんごく》サンガルに招《まね》かれるが、宮殿《きゅうでん》には呪《のろ》いと陰謀《いんぼう》が渦巻《うずま》いていた！

絵《え》／佐竹美保《さたけみほ》（偕成社《かいせいしゃ》）

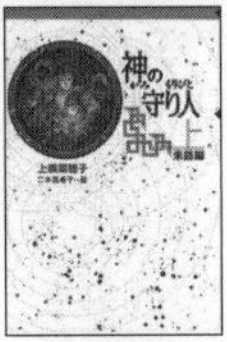

『神《かみ》の守《も》り人《びと》』来訪編《らいほうへん》／帰還編《きかんへん》

偕成社《かいせいしゃ》（単行本《たんこうぼん》・軽装版《けいそうばん》）　新潮社《しんちょうしゃ》（新潮文庫《しんちょうぶんこ》）

人買《ひとか》いに連《つ》れられた兄妹《きょうだい》チキサとアスラに出会《であ》ったバルサ。美少女《びしょうじょ》アスラの身《み》にそなわった特別《とくべつ》な〈力《ちから》〉とは？ロタ建国《けんこく》の秘密《ひみつ》が明《あ》かされる。

絵《え》／二木真希子《ふたきまきこ》（偕成社《かいせいしゃ》）

『蒼路《そうろ》の旅人《たびびと》』

偕成社《かいせいしゃ》（単行本《たんこうぼん》・軽装版《けいそうばん》）　新潮社《しんちょうしゃ》（新潮文庫《しんちょうぶんこ》）

罠《わな》と知《し》りながらサンガル王国《おうこく》の救援《きゅうえん》にむかうチャグム。故郷《こきょう》をはなれ、困難《こんなん》な道《みち》をめざす旅《たび》がはじまる。

絵《え》／佐竹美保《さたけみほ》（偕成社《かいせいしゃ》）

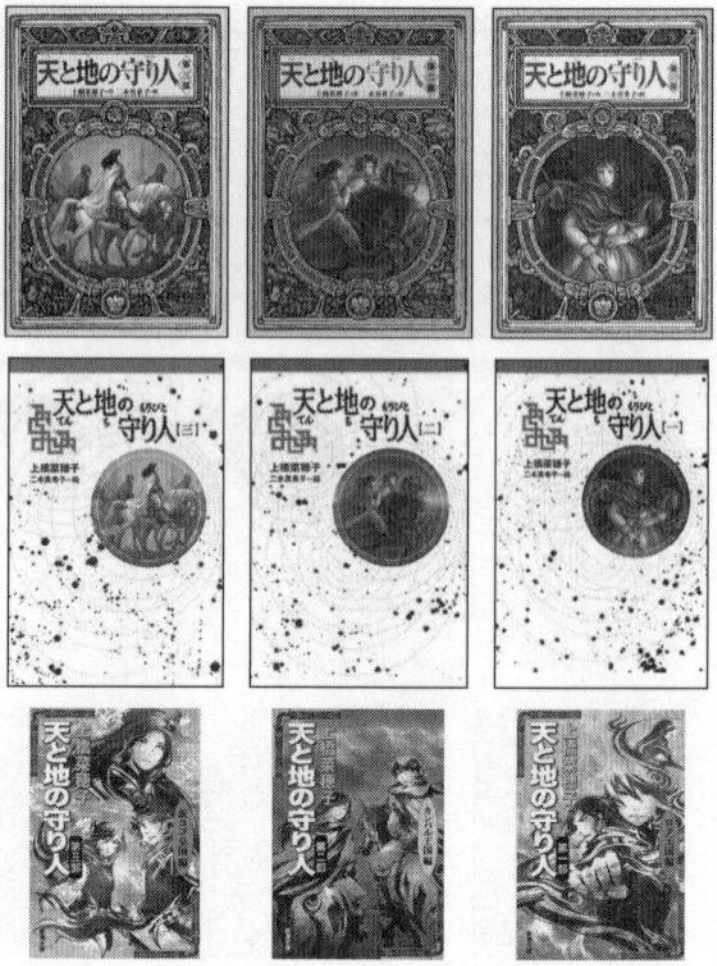

『天《てん》と地《ち》の守《も》り人《びと》』第《だい》一部《ぶ》 ロタ王国編《おうこくへん》／第《だい》二部《ぶ》 カンバル王国編《おうこくへん》／第《だい》三部《ぶ》 新《しん》ヨゴ皇国編《おうこくへん》

偕成社《かいせいしゃ》（単行本《たんこうぼん》・軽装版《けいそうばん》）新潮社《しんちょうしゃ》（新潮文庫《しんちょうぶんこ》）

行方不明《ゆくえふめい》のチャグムを探《さが》すバルサ。タルシュ帝国《ていこく》の影《かげ》が迫《せま》るなか、異界《いかい》〈ナユグ〉にも大《おお》きな変化《へんか》がおこっていた。10年《ねん》にわたる物語《ものがたり》の最終章《さいしゅうしょう》。

絵《え》／二木真希子《ふたきまきこ》（偕成社《かいせいしゃ》）

守《も》り人短編集《びとたんぺんしゅう》『流《なが》れ行《ゆ》く者《もの》』

偕成社《かいせいしゃ》（単行本《たんこうぼん》・軽装版《けいそうばん》）新潮社《しんちょうしゃ》（新潮文庫《しんちょうぶんこ》）

王《おう》の奸計《かんけい》により父《ちち》を殺《ころ》された少女《しょうじょ》バルサと、彼女《かのじょ》を救《すく》った父《ちち》の親友《しんゆう》ジグロ。故国《ここく》を捨《す》て、二人《ふたり》の放浪《ほうろう》の旅《たび》は続《つづ》く。少《しょう》女時代《じょじだい》のバルサを描《えが》く連作短編集《れんさくたんぺんしゅう》。

絵《え》／二木真希子《ふたきまきこ》（偕成社《かいせいしゃ》）

守《も》り人《びと》作品集《さくひんしゅう》『炎路《えんろ》を行《ゆ》く者《もの》』 偕成社《かいせいしゃ》（単行本《たんこうぼん》・軽装版《けいそうばん》）

タルシュ帝国《ていこく》の密偵《みってい》アラユタン・ヒュウゴの少年時代《しょうねんじだい》を描《えが》いた「炎路《えんろ》の旅《たび》人《びと》」と、女用心棒《おんなようじんぼう》バルサの少女時代《しょうじょじだい》を描《えが》いた「十五の我《われ》には」の中編《ちゅうへん》2編《へん》を収《おさ》める。

絵《え》／佐竹美保《さたけみほ》、二木真希子《ふたきまきこ》

『「守《も》り人《びと》」のすべて　守《も》り人《びと》シリーズ完全《かんぜん》ガイド』 偕成社《かいせいしゃ》

上橋菜穂子《うえはしなほこ》／著《ちょ》　偕成社編集部《かいせいしゃへんしゅうぶ》／編《へん》

「守《も》り人《びと》」シリーズはじめてのパーフェクトガイド！　書《か》き下《お》ろし短編《たんぺん》「春《はる》の光《ひかり》」から、豪華《ごうか》対談《たいだん》、登場人物事典《とうじょうじんぶつじてん》まで一挙収録《いっきょしゅうろく》。

絵《え》／二木真希子《ふたきまきこ》、佐竹美保《さたけみほ》

『バルサの食卓《しょくたく》』 上橋菜穂子《うえはしなほこ》、チーム北海道《ほっかいどう》／著《ちょ》　新潮社《しんちょうしゃ》（新潮文庫《しんちょうぶんこ》）

上橋作品《うえはしさくひん》に登場《とうじょう》する料理《りょうり》の数々《かずかず》を、「チーム北海道《ほっかいどう》」が手近《てぢか》な食材《しょくざい》と人一倍《ひといちばい》の熱意《ねつい》をもって再《さい》現《げん》した、夢《ゆめ》のレシピ集《しゅう》。

絵《え》／中川悠京《なかがわゆうけい》　写真《しゃしん》／渋谷文廣《しぶやふみひろ》

『精霊《せいれい》の木《き》』偕成社《かいせいしゃ》

地球《ちきゅう》の環境《かんきょう》破壊《はかい》のため、ナイラ星《せい》に移住《いじゅう》した地球人《ちきゅうじん》の子孫《しそん》が、滅《ほろ》びたとされるナイラ星《せい》の民《たみ》「ロシュナール」の力《ちから》に目覚《めざ》め……。

絵《え》／二木真希子《ふたきまきこ》

『月《つき》の森《もり》に、カミよ眠《ねむ》れ』偕成社《かいせいしゃ》（偕成社文庫《かいせいしゃぶんこ》）

蛇神《へびがみ》のタヤタに愛《あい》されながらも神《かみ》との契《ちぎ》りを素直《すなお》に受《う》け入《い》れられない娘《むすめ》キシメ。神《かみ》と人《ひと》、自《し》然《ぜん》と文明《ぶんめい》との関《かか》わり合《あ》いを描《えが》く。

絵《え》／篠崎正喜《しのざきまさき》

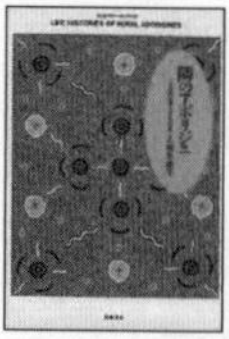

『隣《となり》のアボリジニ　小《ちい》さな町《まち》に暮《く》らす先住民《せんじゅうみん》』筑摩書房《ちくましょぼう》（ちくま文庫《ぶんこ》）

イメージに翻弄《ほんろう》されて生《い》きるアボリジニ。彼《かれ》らの過去《かこ》と現在《げんざい》をいきいきと描《えが》く、研究者《けんきゅうしゃ》としての上橋菜穂子《うえはしなほこ》の姿《すがた》が見《み》える本《ほん》。

『狐笛《こてき》のかなた』理論社《りろんしゃ》（単行本《たんこうぼん》）新潮社《しんちょうしゃ》（新潮文庫《しんちょうぶんこ》）

隣国《りんごく》同士《どうし》の争《あらそ》いのはざまで、〈聞《き》き耳《みみ》〉の力《ちから》を持《も》つ小夜《さよ》と、呪者《じゅしゃ》の「使《つか》い魔《ま》」である霊狐《れいこ》・野火《のび》の、一途《いちず》な愛《あい》が燃《も》えあがる。

絵《え》／白井弓子《しらいゆみこ》（理論社《りろんしゃ》）牧野千穂《まきのちほ》（新潮社《しんちょうしゃ》）

『明日《あす》は、いずこの空《そら》の下《した》』講談社《こうだんしゃ》

17歳《さい》の夏《なつ》、旅《たび》したイギリス、フィールドワークで訪《おとず》れた沖縄《おきなわ》やオーストラリア。そして海外《かいがい》旅行《りょこう》で訪《おとず》れた国々《くにぐに》……物語《ものがたり》が芽吹《めぶ》く土壌《どじょう》となった旅《たび》のエッセイ。

絵《え》／上橋《うえはし》薫《かおる》

『鹿《しか》の王《おう》』

上《じょう》生《い》き残《のこ》った者《もの》／下《げ》還《かえ》って行《い》く者《もの》 KADOKAWA《カドカワ》／角川書店《かどかわしょてん》

戦士団《せんしだん》〈独角《どっかく》〉の頭《かしら》であったヴァンは、アカファ王国《おうこく》の岩塩鉱《がんえんこう》に囚《とら》われていた。ある夜《よ》、犬《いぬ》たちが岩塩鉱《がんえんこう》を襲《おそ》い、謎《なぞ》の病《やまい》が発生《はっせい》する。その隙《すき》に逃《に》げ出《だ》したヴァンは幼《おさな》い少女《しょうじょ》を拾《ひろ》うが!?

絵《え》／影山《かげやま》徹《とおる》

『三人《にん》寄《よ》れば、物語《ものがたり》のことを』上橋菜穂子《うえはしなほこ》、荻原規子《おぎわらのりこ》、佐藤多佳子《さとうたかこ》／著《ちょ》 青土社《せいどしゃ》

当代《とうだい》きっての物語《ものがたり》の書《か》き手《て》でありまた読《よ》み手《て》でもある三人《にん》の作家《さっか》が、お互《たが》いの作品《さくひん》を時《とき》にするどく時《とき》になごやかにあますところなく語《かた》り尽《つ》くす！

ほかに共著《きょうちょ》、論文《ろんぶん》など多数《たすう》。

JASRAC出1607045-601

＊著者紹介
上橋菜穂子《うえはしなほこ》
1962年、東京都生まれ。作家。川村学園女子大学特任教授。1989年に『精霊《せいれい》の木《き》』で作家デビュー。『精霊《せいれい》の守《も》り人《びと》』を始めとする「守《も》り人《びと》」シリーズ、『狐笛《こてき》のかなた』（野間児童文芸賞）、『獣《けもの》の奏者《そうじゃ》I～IV』、『獣《けもの》の奏者《そうじゃ》外伝《がいでん》 刹那《せつな》』ほか著書、受賞多数。
2014年に日本人として2人目となる国際アンデルセン賞作家賞を受賞。
最新作に『鹿の王 上 生き残った者』『鹿の王 下 還って行く者』（2015年本屋大賞）がある。

★この作品は2013年に刊行された『物語ること、生きること』（講談社）を、青い鳥文庫化にあたり、加筆修正したものです。

講談社　青い鳥文庫　　273-9

物語《ものがた》ること、生《い》きること

上《うえ》橋《はし》菜《な》穂《ほ》子《こ》／著

瀧《たき》 晴巳《はるみ》／構成・文

2016年7月15日　第1刷発行

（定価はカバーに表示してあります。）

発行者　清水保雅

発行所　株式会社講談社

東京都文京区音羽2-12-21　郵便番号112-8001

電話　編集（03）5395-3535

販売（03）5395-3625

業務（03）5395-3615

N.D.C.914　238p　18cm

装　丁　久住和代

脇田明日香

印　刷　図書印刷株式会社

製　本　図書印刷株式会社

本文データ制作　講談社デジタル製作

ISBN978-4-06-285564-8

「講談社《こうだんしゃ》 青《あお》い鳥文庫《とりぶんこ》」刊行《かんこう》のことば

太陽《たいよう》と水《みず》と土《つち》のめぐみをうけて、葉《は》をしげらせ、花《はな》をさかせ、実《み》をむすんでいる森《もり》。小《こ》鳥《とり》や、けものや、こん虫《ちゅう》たちが、春《はる》・夏《なつ》・秋《あき》・冬《ふゆ》の生活《せいかつ》のリズムに合《あ》わせてくらしている森《もり》。森《もり》には、かぎりない自然《しぜん》の力《ちから》と、いのちのかがやきがあります。

本《ほん》の世界《せかい》も森《もり》と同《おな》じです。そこには、人間《にんげん》の理想《りそう》や知恵《ちえ》、夢《ゆめ》や楽《たの》しさがいっぱいつまっています。

本《ほん》の森《もり》をおとずれると、チルチルとミチルが「青《あお》い鳥《とり》」を追《お》い求《もと》めた旅《たび》で、さまざまな体験《たいけん》を得《え》たように、みなさんも思《おも》いがけないすばらしい世界《せかい》にめぐりあえて、心《こころ》をゆたかにするにちがいありません。

「講談社《こうだんしゃ》 青《あお》い鳥文庫《とりぶんこ》」は、七十年《ねん》の歴史《れきし》を持《も》つ講談社《こうだんしゃ》が、一人《ひとり》でも多《おお》くの人《ひと》のために、すぐれた作品《さくひん》をよりすぐり、安《やす》い定価《ていか》でおおくりする本《ほん》の森《もり》です。その一さつ一さつが、みなさんにとって、青《あお》い鳥《とり》であることをいのって出版《しゅっぱん》していきます。この森《もり》が美《うつく》しいみどりの葉《は》をしげらせ、あざやかな花《はな》を開《ひら》き、明日《あす》をになうみなさんの心《こころ》のふるさととして、大《おお》きく育《そだ》つよう、応援《おうえん》を願《ねが》っています。

昭和《しょうわ》五十五年《ねん》十一月《がつ》

講談社